英語輕鬆學

Speak English Like a Native: Phonics

學好 自然拼讀

就靠這本！

初學英文的人最大的困難就是見到英文單詞唸不出來。以往學校的正統英文教學主張學生應先學習音標,然而諸多音標符號並非常見的字母,而是以其他的符號來代替。

縱使我們學會了 a、b、c ……等 26 個英文字母,但在查字典時看到了 [ð]、[θ]、[ʒ]、[æ]、[ɔɪ] 等音標符號時便懵了。這些符號為英文學習者帶來了額外的負擔及壓力。由於始終無法唸出單詞的發音,終至灰心絕望,完全失去繼續學習英文的熱望,甚至懷疑自己天資愚鈍,根本不是一塊學英文的料!

你若有這樣的想法就大錯特錯了!想想看,你能說一口流利的國語或閩南語,也會讀寫漢字,不知羨煞了多少老外。別忘了這是你多年重複聽、說、讀、寫母語的結果,與天賦全然無關!

然而我們在學英文(包含學習其他外語)時,卻忘了要長時間重複練習的重要性。學習任何語言首先就要學會單詞的唸法。我們幼時學國語時會利用 ㄅ、ㄆ、ㄇ 等注音符號協助我們養成背誦單詞的能力。英語為母語的小朋友不會直接使用他們看不懂的音標符號(phonetic symbols,如 [ɚ]、[ɛ]、[ɪ]、[ɔ]、[dʒ] 等)學讀英文單詞,而是採自然拼讀法(phonics),直接憑藉英文單詞字母組合慣例,自然就會拼出單詞的字母組合並讀出該單詞的發音。

目錄 _Contents_

使用說明 *User's Guide*

掃描「朗讀音檔 QR Code」聆聽外師朗讀,「影片檔」則可用三種角度觀察母語人士發音嘴型。

全書朗讀音檔
及影片檔下載

全書檔案
壓縮檔下載

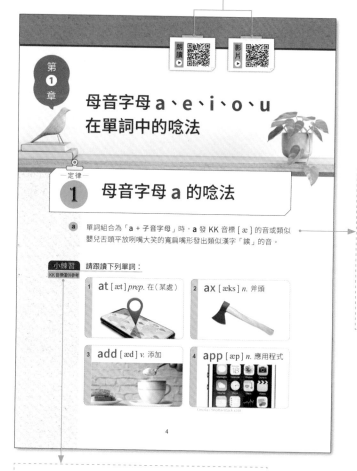

朗讀 ▶ 影片 ▶

第 ① 章 母音字母 a、e、i、o、u 在單詞中的唸法

定律 ① 母音字母 a 的唸法

a 單詞組合為「a + 子音字母」時,a 發 KK 音標 [æ] 的音或類似嬰兒舌頭平放咧嘴大笑的寬扁嘴形發出類似漢字「ㄝ」的音。

小練習 KK 音標僅供參考 請跟讀下列單詞:

1 at [æt] *prep.* 在(某處)

2 ax [æks] *n.* 斧頭

3 add [æd] *v.* 添加

4 app [æp] *n.* 應用程式

4

以注音符號或漢字講解每則定律的發音訣竅,同時搭配 KK 音標輔助說明,學習效果加乘。

「小練習」供讀者學習發音規則後立即練習跟讀單詞,單詞附有精美圖片,左右腦並用,邊學邊看更好記。

第 **1** 篇

認識母音字母及
子音字母

所有英文單詞均由英文字母所組成。

朗讀 ▶

a 小寫字母：

a	b	c	d	e	f	g	h	i	j
k	l	m	n	o	p	q	r	s	t
u	v	w	x	y	z				

b 大寫字母：

A	B	C	D	E	F	G	H	I	J
K	L	M	N	O	P	Q	R	S	T
U	V	W	X	Y	Z				

c 常見的一般單詞都是小寫字母組成，如：

bad 壞的　　　**pet** 寵物　　　**fit** 健康的
fox 狐狸　　　**cut** 切割

d 表示人名、地名等英文單詞時，首字母則使用大寫，如：

Cathy 凱西（女性名字）　　　**Jack** 傑克（男性名字）
Taipei 臺北（地名）　　　**New York** 紐約（地名）

小練習　請跟讀下列 26 個小寫英文字母的發音：

a	b	c	d	e	f	g	h	i	j
k	l	m	n	o	p	q	r	s	t
u	v	w	x	y	z				

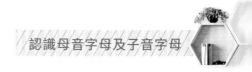

小練習 請跟讀下列 26 個大寫英文字母的發音：

A B C D E F G H I J
K L M N O P Q R S T
U V W X Y Z

第❷節 構成單詞的 **26** 個字母中，**a、e、i、o、u** 是母音字母，其餘皆為子音字母。

母音字母亦稱元音字母，是形成單詞並發出聲音的根本字母，缺少了母音字母，徒具子音字母既發不出聲音，也無法形成有意義的單詞。

小練習 請圈選出下列有意義的英文單詞：

pot	bmnt	mltlp
warm	owl	multiple
nqlp	sddlk	tout

答案

(pot)	bmnt	mltlp
(warm)	(owl)	(multiple)
nqlp	sddlk	(tout)

3

朗讀 ▶

影片 ▶

第 **1** 章

母音字母 a、e、i、o、u 在單詞中的唸法

—定律—
1

母音字母 a 的唸法

a 單詞組合為「**a** + 子音字母」時，**a** 發 KK 音標 [æ] 的音或類似嬰兒舌頭平放咧嘴大笑的寬扁嘴形發出類似漢字「**誒**」的音。

小練習
KK音標僅供參考

請跟讀下列單詞：

1 **at** [æt] *prep.* 在（某處）

2 **ax** [æks] *n.* 斧頭

3 **add** [æd] *v.* 添加

4 **app** [æp] *n.* 應用程式

Cincila / Shutterstock.com

b 單詞組合為「**子音字母 + a + 子音字母**」時，**a** 亦發與本定律的
a 項一樣的音。

第 **1** 篇

第 **1** 章／定律 **1**

小練習 請跟讀下列單詞：
KK 音標僅供參考

1 **bad** [bæd] *a.* 壞的

2 **cat** [kæt] *n.* 貓

3 **dad** [dæd] *n.* 老爸

4 **fat** [fæt] *a.* 肥胖的

5 **gap** [gæp] *n.* 裂口

6 **hat** [hæt] *n.* 帽子

7 **mad** [mæd] *a.* 生氣的

8 **pat** [pæt] *v.* 輕拍

9 rat [ræt] *n.* 田鼠 	**10** sad [sæd] *a.* 悲傷的 

—定律—

② 母音字母 e 的唸法

a 單詞組合為「**e＋子音字母＋子音字母**」時，**e** 發 KK 音標 [ɛ] 的音或類似漢字「**誒**」的音，但嘴巴肌肉放鬆，嘴型也不如發定律 1 的 **a** 那麼寬扁。

小練習 請跟讀下列單詞：

KK 音標僅供參考

1 ebb [ɛb] *v.* 退潮 	**2** egg [ɛg] *n.* 雞蛋 

b 單詞組合為「**子音字母＋e＋子音字母**」時，**e** 亦發與本定律的 **a** 項一樣的音。

小練習 請跟讀下列單詞：

KK音標僅供參考

1 **bed** [bɛd] *n.* 床

2 **get** [gɛt] *v.* 獲得

3 **let** [lɛt] *v.* 讓

4 **net** [nɛt] *n.* 網

5 **pet** [pɛt] *n.* 寵物

6 **red** [rɛd] *a.* 紅色的

7 **set** [sɛt] *v.* 放置

8 **Ted** [tɛd] *n.* 泰德（男性名）

9 **wet** [wɛt] *a.* 溼的

10 **yes** [jɛs] *adv.* 是的

第**1**篇

第**1**章 定律 **1** ~ **2**

③ 母音字母 i 的唸法

a 單詞組合為「**i ＋ 子音字母**」時，**i** 發 KK 音標 [ɪ] 的音或類似軍人行軍答數「一、二、一」中「一」的發音，亦或類似閩南語「初一」中的「一」的發音。

小練習 **請跟讀下列單詞：**
KK 音標僅供參考

1 in [ɪn] *prep.* 在……之中

2 if [ɪf] *conj.* 如果

3 is [ɪz] *v.* 是

4 it [ɪt] *pron.* 它；牠

b 單詞組合為「**子音字母 ＋ i ＋ 子音字母**」時，**i** 亦發與本定律的 **a** 項相同的音。

小練習
KK 音標僅供參考

請跟讀下列單詞：

1 **big** [bɪg] *a.* 大的

2 **bit** [bɪt] *n.* 一點點

3 **fit** [fɪt] *a.* 健康的

4 **him** [hɪm] *pron.* 他

5 **hit** [hɪt] *v.* 打

6 **kid** [kɪd] *n.* 小朋友，孩子

7 **Kim** [kɪm] *n.* 金（女性名）

8 **lip** [lɪp] *n.* （單片）嘴唇

9 **pig** [pɪg] *n.* 豬

10 **sit** [sɪt] *v.* 坐

c 單詞組合為「**子音字母 + i + 子音字母 + 子音字母**」時，仍發與本定律的 **a** 及 **b** 項相同的音。

KK 音標僅供參考

請跟讀下列單詞：

1 **dish** [dɪʃ] *n.* 碟子

2 **fish** [fɪʃ] *n.* 魚

3 **gift** [gɪft] *n.* 禮物

4 **lips** [lɪps] *n.*（兩片）嘴唇

5 **mitt** [mɪt] *n.* 棒球手套

6 **pick** [pɪk] *v.* 摘（水果）

一定律一

4 母音字母 o 的唸法

單詞組合為「**子音字母 + o + 子音字母**」時，**o** 發 KK 音標 [ɑ] 的音或類似漢字「阿」或「哦」的音。

小練習
KK 音標僅供參考

請跟讀下列單詞：

1 **box** [bɑks] *n.* 箱子；盒子

2 **dot** [dɑt] *n.* 點，小點

3 **fog** [fɑg / fɔg] *n.* 霧

4 **job** [dʒɑb] *n.* 工作

5 **log** [lɑg / lɔg] *n.* 原木，圓木

6 **mop** [mɑp] *n.* 拖把
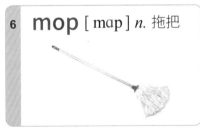

11

7 **not** [nɑt] *adv.* 不，沒有 	**8** **pot** [pɑt] *n.* 鍋子 
9 **rob** [rɑb] *v.* 搶劫 	**10** **top** [tɑp] *n.* 頂端 

注意 ❶

1 以上單詞組合夾在兩個子音字母中的母音字母 o，絕大多數情況下發 KK 音標 [ɑ] 或類似漢字「阿」的音。但也有少數幾個單字如 fog 及 log，可分別唸成「阿」或「哦」的音。

2 dog（狗）中的母音字母 o 只發 KK 音標 [ɔ] 的音或類似漢字「哦」的音。

不可唸成：[dɑg]

只可唸成：[dɔg]

注意 ❷

單詞組合為「o + 子音字母」時，常見的單詞有 of、on 及 oh 三個，此時母音字母 o 的發音各有不同：

1 of（屬於）的 KK 音標為 [əv]。換言之，o 不是唸成類似漢字的「阿」，而是漢字的「餓」或「厄」（即 [ə] 的發音），唸 of 時，聲音類似漢字的「餓腐」。

12

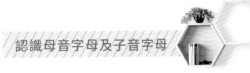

2 on（在……上面）的 KK 音標為 [ɑn] 或 [ɔn]。換言之，o 仍可唸成類似漢字「**阿**」（即 [ɑ]）或「**哦**」（即 [ɔ]）的音。

3 oh（感歎詞，相當於中文的「哦」）中的母音字母 o 要唸成 KK 音標的 [o] 或類似漢字的「**歐**」。之後的 h 不發音。

小練習
KK 音標僅供參考

請跟讀下列單詞：

1 **of** [ʌv / əv] *prep.*
屬於……

2 **on** [ɑn / ɔn] *prep.*
在……上面

3 **oh** [o] *excl.* 哦

第 **1** 篇
第 **1** 章／定律 **4**

5 母音字母 u 的唸法

單詞組合為「（**子音字母**）＋ u ＋ 子音字母（＋ **子音字母**）」時，**u**
通常發出 KK 音標 [ʌ] 的音或類似漢字「**餓**」或「**呃**」的音。

小練習 請跟讀下列單詞：
KK 音標僅供參考

1 but [bʌt] *conj.* 但是

2 cut [kʌt] *v.* 切割

3 duck [dʌk] *n.* 鴨子

4 hug [hʌg] *v.* 擁抱

5 luck [lʌk] *n.* 好運，幸運

6 mug [mʌg] *n.* 馬克杯

7 **nut** [nʌt] *n.* 堅果

8 **suck** [sʌk] *v.* 吸

9 **up** [ʌp] *adv.* 向上

10 **yuck** [jʌk] *excl.*
（表示厭惡）啐

注意

有時 **u** 也會發出 KK 音標 [ʊ] 的音或類似漢字「**屋爾**」快速連讀的音。如：

1 **put** [pʊt] *v.* 放置
（非 [pʌt]）

2 **pudding** [ˈpʊdɪŋ]
n. 布丁（非 [ˈpudɪŋ]）

朗讀 ▶

影片 ▶

第 **2** 章

單詞以「子音字母 + e」結尾時，a、e、i、o、u 的唸法

單詞如含有母音字母（**a**、**e**、**i**、**o**、**u**），之後接子音字母（如 **b**、**c**、**d**、**g**、**k**、**l**、**m**、**n**、**r**、**s**、**t**、**v**），然後再以 **e** 結尾時，**a**、**e**、**i**、**o**、**u** 均發原字母音，詞尾的 **e** 則不發音。

—定律—

6 母音字母 a 的唸法

單詞組合為「（**子音字母**）+ a + **子音字母** + **e**」時，**a** 唸成 KK 音標 [e] 的發音或類似國語注音符號「ㄟ」的音。詞尾的 **e** 不發音。

 小練習

KK音標僅供參考

請跟讀下列單詞：

1 **ate** [et] *v.* 吃（eat 的過去式）

2 **cake** [kek] *n.* 蛋糕

3 fate [fet] *n.* 命運

4 gate [get] *n.* 大門

5 hate [het] *v.* 痛恨

6 Jake [dʒek] *n.* 杰克（男性名）

7 name [nem] *n.* 名字

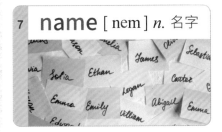

8 same [sem] *a.* 相同的

9 take [tek] *v.* 拿取

10 wave [wev] *n.* 波浪

第 **1** 篇

第 **2** 章／定律 **6**

17

―定律―

7 母音字母 e 的唸法

單詞組合為「**子音字母 + e + 子音字母 + e**」時，第一個 **e** 唸成原字母音，亦即 KK 音標 [i] 的發音或類似漢字「**易**」的音。詞尾的 **e** 不發音。

小練習
KK 音標僅供參考

請跟讀下列單詞：

1 cede [sid] *v.* 割讓

2 mete [mit] *v.* 責罰

3 Pete [pit] *n.* 彼特
（男性名，Peter
[`pitɚ] 的暱稱）

—定律—

8 母音字母 i 的唸法

單詞組合為「**子音字母＋i＋子音字母＋e**」時，**i** 唸成原字母音，亦即 KK 音標 [aɪ] 或類似漢字「**愛**」的音。詞尾的 **e** 不發音。

小練習 請跟讀下列單詞：
KK 音標僅供參考

1 **bite** [baɪt] *v.* 咬

2 **dive** [daɪv] *v.* 跳水

3 **five** [faɪv] *n.*（數字）5

4 **like** [laɪk] *v.* 喜歡

5 **Mike** [maɪk] *n.* 麥克（男性名）

6 **rice** [raɪs] *n.* 米，米飯

7	ride [raɪd] *v.* 騎 （馬、自行車等）	8	tide [taɪd] *n.* 潮汐

9	wipe [waɪp] *v.* 擦拭	10	pike [paɪk] *n.* 狗魚

例外

1　give [gɪv] *v.* 給予（i 要唸定律 3 的 i 的音）

一定律一

9 母音字母 o 的唸法

單詞組合為「**子音字母＋o＋子音字母＋e**」時，**o** 唸成原字母音，亦即 KK 音標 [o] 的發音或類似漢字「**歐**」的音，詞尾的 **e** 不發音。

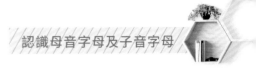

小練習 請跟讀下列單詞：

KK音標僅供參考

1 vote [vot] *v.* 投票

2 woke [wok] *v.* 醒來
（wake 的過去式）

3 cope [kop] *v.* 應付

4 zone [zon] *n.* 地區

5 mode [mod] *n.* 方法

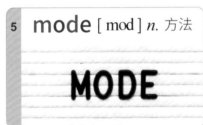

6 poke [pok] *v.* 刺，戳

7 yoke [jok] *n.* 牛軛

10 母音字母 u 的唸法

單詞組合為「**子音字母＋u＋子音字母＋e**」時，**u** 唸成原字母音，亦即 KK 音標 [ju] 的發音或類似漢字「右」的音。

小練習
KK 音標僅供參考

請跟讀下列單詞：

1 mule [mjul] *n.* 騾子

2 muse [mjuz] *v.* 沉思

3 mute [mjut] *a.* 沉默的

4 puke [pjuk] *v.* 嘔吐

注意

下列單詞中的 **u** 不發原字母音,而是發 KK 音標 [u] 的音或類似漢字「霧」的音。

小練習
KK 音標僅供參考

請跟讀下列單詞:

1　rude [rud] *a.* 粗魯的

2　Luke [luk] *n.* 路克
（男性名）

3　duke [duk] *n.* 公爵

4　nuke [nuk] *n.* 核武器

第**1**篇

第**2**章／定律**10**

朗讀 ▶

影片 ▶

a 與其他母音字母的搭配

母音字母 **a** 亦可與其他母音字母（**e**、**i**、**o**、**u**）搭配，如 **ae**、**ea**、**ai**、**ao**、**oa**、**au** 等，**a** 甚至亦可與可作半母音字母的 **w** 或 **y** 搭配，形成 **aw**、**ay** 的搭配。茲分別說明如下：

―定律―

11 ae 的唸法 （ae 源自拉丁文或希臘文）

以 **ae** 起首的英文單詞鮮少見到，發 KK 音標 [i] 的音或類似漢字「衣」的音。

小練習
KK 音標僅供參考

請跟讀下列單詞：

1 Aesop [ˋisɑp] *n.*
伊索（古希臘文人的名字，寫過《伊索寓言》一書）

svic / Shutterstock.com

2 aesthetics
[isˋθɛtɪks]
n. 美學

注意

a 以 **ae** 起首的單詞多源自拉丁文或希臘文，在英文單詞中少見。

b 本書第一章至第二章中所蒐集的跟讀單詞均為單音節的單詞，即僅含有一個母音字母的單詞，稱作單音節單詞（如 rat、do、cake 等）。自本章起，我們偶爾會列舉雙音節（如 Aesop）或
❶ ❷

三音節以上的單詞（如 aesthetics），以豐富自然拼讀法的內容。
❶ ❷❸

─定律─
12 ai 的唸法

ai 多發 KK 音標 [e] 的音或類似國語注音符號「ㄟ」的音。

小練習　請跟讀下列單詞：
KK 音標僅供參考

1 **aid** [ed] *n.* 幫助

2 **aim** [em] *n.* 目標

3 **fail** [fel] *v.* 失敗

4 **mail** [mel] *v.* 郵寄

5 nail [nel] *n.* 指甲

6 pain [pen] *n.* 痛苦

7 plain [plen] *n.* 平原

8 sail [sel] *v.* （船）航行

9 tail [tel] *n.* 尾巴

10 wait [wet] *v.* 等候

例外

1 said [sɛd] *v.* 說（**ai** 要唸類似注音符號「ㄝˋ」的音）

―定律― 13 ao 的唸法

ao 組合的英文單詞極少見，且發音不盡相同，無定律可言。茲列舉三個常見到由 **ao** 組合的單詞當作練習。

小練習
KK 音標僅供參考

請跟讀下列單詞：

1 **ciao** [tʃaʊ] *excl.*
再見（源自義大利語）

◆ 發音近似漢字「**翹**」或注音符號「**ㄑㄧㄠˋ**」的音。

2 **chaos** [ˋkeas] *n.* 混亂

◆ 發音近似「**字母音 k + 阿死**」的連讀。

3 **gaol** [dʒel] *n.* 監獄
（古英文單詞，
= jail [dʒel]）

◆ **ao** 發類似注音符號「**ㄟ**」的音。

14 au 的唸法

a 由 **au** 組合的英文單詞中，**au** 多唸成 KK 音標 [ɔ] 的音或類似漢字「哦」的音。

小練習
KK 音標僅供參考

請跟讀下列單詞：

1 August [`ɔgəst] *n.*
八月

2 author [`ɔθɚ] *n.*
作者

3 autumn [`ɔtəm] *n.*
秋天

4 cause [kɔz] *n.* 原因

5 daughter [`dɔtɚ] *n.*
女兒

6 fault [fɔlt] *n.* 過失，
過錯

7 Laura [ˋlɔrə] *n.* 蘿拉（女性名）

8 naughty [ˋnɔtɪ] *a.* 調皮的

9 pause [pɔz] *n.* 暫停

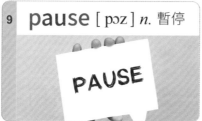

10 sausage [ˋsɔsɪdʒ] *n.* 香腸

b 少數由 **au** 組合的單詞中，**au** 亦會發 KK 音標 [æ] 的音或類似漢字「誒」的音，發此音時嘴唇要誇張寬扁。

小練習

KK 音標僅供參考

請跟讀下列單詞：

1 laugh [læf] *v.* 笑

2 laughter [ˋlæftɚ] *n.* 笑；笑聲

3 aunt [ænt]〔美式〕/ [ɑnt]〔英式〕 *n.* 姨媽；姑姑

15 aw / awe 的唸法

母音字母 **a** 可與子音字母 **w** 搭配（或再接 **e**），**aw / awe** 唸成
KK 音標 [ɔ] 的音或類似漢字「哦」的音。

小練習
KK 音標僅供參考

請跟讀下列單詞：

1 hawk [hɔk] *n.* 老鷹

2 law [lɔ] *n.* 法律

3 paw [pɔ] *n.*（動物的）爪子

4 raw [rɔ] *a.* 生的，未煮過的（食物）

5 yawn [jɔn] *v.* 打呵欠

6 draw [drɔ] *v.*（用鉛筆等）畫

7 drawback
[ˋdrɔ͵bæk] *n.* 缺點

8 awful [ˋɔfḷ] *a.* 糟透的

9 awe [ɔ] *n.* 敬畏

10 awesome [ˋɔsəm] *a.* 很棒的

第 **1** 篇

第 **3** 章／定律 **15**

—定律—

16　ay 的唸法

由 **ay** 組合的單詞中，**ay** 會唸成 KK 音標 [e] 的音或類似注音符號「ㄟˋ」的發音。

小練習
KK音標僅供參考

請跟讀下列單詞：

1　bay [be] *n.* 海灣

2　day [de] *n.* 一天；白天

3　gay [ge] *a.* 快樂的；男同性戀的

4　hay [he] *n.*（餵馬、牛、羊的）乾草

5　lay [le] *v.* 放置

6　May [me] *n.* 五月

7 **pay** [pe] *v.* 付（錢）

8 **way** [we] *n.* 方法；方向

第**①**篇

第**❸**章／定律 **⑯**

9 **say** [se] *v.* 說

◆ ay 加了 s 則成 says（如 "He says..."「他說……」），此時 ay 要唸成類似注音符號「ㄝˋ」的音。

朗讀 ▶
 影片 ▶

第 **4** 章

e 與其他母音字母的搭配

母音字母 **e** 可與其他母音字母（**a**、**i**、**o**、**u**）搭配，如 **ea**、
ei、**eo**、**eu** 等。**e** 亦可與自己搭配，如 **ee**。茲分別說明如下：

—定律—
17 ea 的唸法

a 由 **ea** 組合的單詞中，**ea** 通常發 KK 音標 [i] 的音或類似漢字
「衣」或「義」的音。

小練習
KK 音標僅供參考

請跟讀下列單詞：

1 **eat** [it] *v.* 吃

2 **east** [ist] *n.* 東方

EAST ➜

34

第❶篇

第❹章／定律❶⃝⃝⃝⃝⃝⃝⃝⃝⃝⃝⃝⃝⃝⃝⃝⃝⃝⃝⃝⃝17

3 **deal** [dil] *n.* 交易

4 **leaf** [lif] *n.* 樹葉

5 **meat** [mit] *n.* 肉

6 **read** [rid] *v.* 閱讀

7 **sea** [si] *n.* 海

8 **speak** [spik] *v.* 說

9 **tea** [ti] *n.* 茶

10 **weak** [wik] *a.* 虛弱的

例外

① sweat [swɛt] *n.* 汗 & *v.* 流汗（ea 的發音如本定律 b 項）

b 由 **ea** 組合的單詞中，**ea** 亦會發 KK 音標 [ɛ] 的音或類似漢字「誒」的音。

請跟讀下列單詞：

1 **dead** [dɛd] *a.* 死去的，死亡的

2 **head** [hɛd] *n.* 頭，腦袋

3 **pear** [pɛr] *n.* 梨子

4 **ready** [ˈrɛdɪ] *a.* 準備好的

5 **already** [ɔlˈrɛdɪ] *adv.* 早已，已經

6 **swear** [sɛr] *v.* 發誓

c 少數由 **ea** 組合的單詞中，**ea** 亦會發 KK 音標 [e] 的音或類似注音符號「ㄟˋ」的音。

小練習
KK 音標僅供參考

請跟讀下列單詞：

1 **break** [brek] *v.* 打破

2 **great** [gret] *a.* 偉大的，很棒的

但：breakfast [ˋbrɛkfəst]
n. 早餐（ea 發音如本定律 b 項）

ee 的唸法

由字母 **ee** 組合的單詞中，**ee** 發 KK 音標 [i] 的音或類似注音符號「ㄧˋ」或漢字「易」的音。

請跟讀下列單詞：

1 **beef** [bif] *n.* 牛排

2 **cheese** [tʃiz] *n.* 起司

3 **deep** [dip] *a.* 深的

4 **feel** [fil] *v.* 覺得

5 **green** [grin] *a.* 綠色的

6 **knee** [ni] *n.* 膝蓋

第**1**篇

第**4**章／定律**18**

7 **need** [nid] *v.* 需要

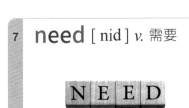

8 **speed** [spid] *n.* 速度

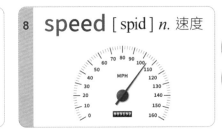

9 **tree** [tri] *n.* 樹

10 **week** [wik] *n.* 一週

例外

1 beer [bɪr] *n.* 啤酒（ee 發定律 3 的 i 的音）

2 been [bɪn] *v.* be 動詞的過去分詞（ee 發定律 3 的 i 的音）

19 ei 的唸法

a 由字母 **ei** 組合的單詞中，**ei** 常發 KK 音標 [i] 的音或類似漢字「**衣**」或「**易**」的音。

小練習 請跟讀下列單詞：

KK 音標僅供參考

1 **ceiling** [ˋsilɪŋ] *n.*
天花板

2 **either** [ˋiðɚ / ˋaɪðɚ]
pron.（兩者中的）任何
一個

3 **neither** [ˋniðɚ /
ˋnaɪðɚ] *pron.*（兩者中的）
皆無一個

4 **leisure** [ˋliʒɚ] *n.* 空閒

5 **protein** [ˋprotin] *n.*
蛋白質

6 **seize** [siz] *v.* 抓住

7 caffeine [kæˈfin]
n. 咖啡因

8 conceive [kənˈsiv]
v. 想出（主意、計畫等）

9 deceive [dɪˈsiv] *v.*
欺騙

10 deceit [dɪˈsit] *n.* 欺騙

---

b 由字母 **ei** 組合的單詞中，**ei** 亦會發 KK 音標 [e] 的音或類似注音符號「ㄟˋ」的音。

小練習
KK 音標僅供參考

請跟讀下列單詞：

1 eight [et] *n.*（數字）8

2 eighteen [eˈtin]
n.（數字）18

3 eighty [ˈetɪ] *n.*（數字）
80

4 neighbor [ˈnebɚ]
n. 鄰居

5 **weigh** [we] *v.* 稱……的重量

6 **weight** [wet] *n.* 重量

7 **overweight** [ˏovɚˋwet] *a.* 過重的

8 **vein** [ven] *n.* 靜脈

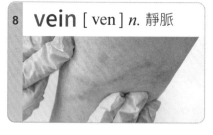

9 **freight** [fret] *n.* （海／陸／空運的）貨物

---

c 由字母 **ei** 組合的單詞中，**ei** 亦會發 KK 音標 [aɪ] 的音或類似漢字「**愛**」的音。這些單詞多來自德語。

小練習
KK音標僅供參考

請跟讀下列單詞：

1 **Einstein** [ˋaɪnstaɪn] *n.* 愛因斯坦（男性姓氏）

2 **edelweiss** [ˋedəlˏvaɪs] *n.* 雪絨花，小白花（單詞中的字母 w 要發字母 v 的音）

3 seismology
[saɪzˋmɑlədʒɪ] *n.* 地震學

d 由字母 **ei** 組合的單詞中，**ei** 若出現在第二音節且為非重音時，**ei** 發 KK 音標 [ə] 的音或類似漢字「呃」或「餓」的音。

小練習
KK音標僅供參考

請跟讀下列單詞：

1 foreign [ˋfɔrən] *a.* 外國的

2 foreigner [ˋfɔrənɚ] *n.* 外國人

―定律―

⑳ eo 的唸法

字母 **eo** 組成的單詞多屬專業學術的用字，這類單詞往往過長且艱澀，發音多變，連一般英美人士都看不懂也不會唸。可說 **eo** 的發音無定律可言。故在此僅介紹庶民大眾常用的幾個單詞及其發音。

a eo 會發 KK 音標 [i] 的音或類似漢字「**衣**」的音。

小練習
KK 音標僅供參考

請跟讀下列單詞：

1 people [ˈpipl̩] *n.* 人們

⋯⋯

b eo 會發 KK 音標 [ˈɪə] 的音或類似漢字「**衣爾**」的連音。

小練習
KK 音標僅供參考

請跟讀下列單詞：

1 eon [ˈɪən] *n.* 很漫長的時間；千萬年

2 peony [ˈpɪənɪ] *n.* 牡丹花

c **eo** 會發 KK 音標 [ˈio] 的音或類似漢字「**衣偶**」的連音。

小練習　請跟讀下列單詞：

KK音標僅供參考

1 Leo [ˈlio] *n.* 獅子座；李歐（男性名）

d **eo** 會發 KK 音標 [ˈɪo] 的音或類似漢字「**衣偶**」的短促連音。

小練習　請跟讀下列單詞：

KK音標僅供參考

1 stereo [ˈstɛrɪo] *n.* 立體聲音響

2 video [ˈvɪdɪo] *n.* 錄影，影片

e **eo** 會發 KK 音標 [ɛ] 的音或類似漢字「**誒**」的音。

小練習　請跟讀下列單詞：

KK音標僅供參考

1 leopard [ˈlɛpəd] *n.* 豹

f **eo** 會發 KK 音標 [ə] 的音或類似漢字「呃」或「餓」的音。

請跟讀下列單詞：

1 **gorgeous** [ˈgɔrdʒəs]
a. 很棒的；很美的

---

g 字首 **geo** 會發 KK 音標 [dʒɪˈɑ] 的音或類似漢字「幾阿」的連音。

請跟讀下列單詞：

1 **geography**
[dʒɪˈɑgrəfɪ] *n.* 地理

2 **geology** [dʒɪˈɑlədʒɪ]
n. 地質學

---

h 字首 **geo** 亦會發 KK 音標 [ˌdʒio] 的連音或類似漢字「幾偶」的連音。

請跟讀下列單詞：

1 **geophysics**
[ˌdʒioˈfɪzɪks] *n.*
地球物理學

─定律─
21 eu 的唸法

字母 **eu** 組合的單詞通常發 KK 音標 [ju] 的音或類似漢字「優」的音。

小練習 請跟讀下列單詞：
KK 音標僅供參考

1 queue [kju] v. 排隊

2 neutral [ˋnjutrəl (英) / ˋnutrəl (美)] a. 中立的

3 eulogy [ˋjulədʒɪ] n. 頌詞

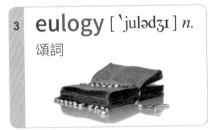

4 euphemism [ˋjufəˌmɪzəm] n. 委婉語

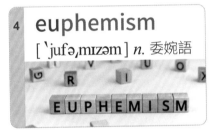

5 feudalism [ˋfjudəˌlɪzəm] n. 封建主義

—定律—
22 ew 的唸法

由 **ew** 組合的單詞中，**ew** 多出現在詞尾，會發 KK 音標 [u] 或 [ju] 的音或類似漢字「**霧**」或「**柚**」的音。

小練習
KK 音標僅供參考

請跟讀下列單詞：

1 **blew** [blu] *v.* 吹（**blow** 的過去式）

2 **few** [fju] *a.* 極少的

3 **grew** [gru] *v.* 生長；種植（**grow** 的過去式）

4 **knew** [nu (美) / nju (英)] *v.* 知道（**know** 的過去式）

5 **nephew** [ˋnɛfju] *n.* 姪子；外甥

6 **new** [nu (美) / nju (英)] *a.* 新的

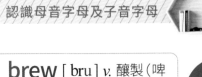

7 **screw** [skru] *n.* 螺絲釘

8 **brew** [bru] *v.* 釀製（啤酒）；泡（茶）；煮（咖啡）

9 **dew** [du（美）/ dju（英）] *n.* 露水，露珠

第 **❶** 篇

第 **❹** 章／定律 **㉒**

23 ey 的唸法

由 **ey** 組合的單詞中，**ey** 通常出現在詞尾。

a 單音節單詞的 **ey** 多發出 KK 音標 [i] 的音或類似漢字「**衣**」或「**易**」的音。

小練習
KK 音標僅供參考

請跟讀下列單詞：

1 **key** [ki] *n.* 鑰匙

---

b 單音節單詞的 **ey** 亦會發 KK 音標 [e] 的音或類似注音符號「ㄟˋ」的音。

小練習
KK 音標僅供參考

請跟讀下列單詞：

1 **grey / gray** [gre] *a.* 灰色的

2 **they** [ðe] *pron.* 他們；她們；牠們；它們

3 obey [o`be] *v.* 服從

4 prey [pre] *n.* 獵物

c 雙音節單詞詞尾有 **ey** 時，則會發 KK 音標 [ɪ] 的音，實際讀成短促的長母音 [i] 或類似漢字「**衣**」或「**易**」的短促音。

小練習
KK 音標僅供參考

請跟讀下列單詞：

1 money [`mʌnɪ / `mʌni] *n.* 錢

2 valley [`vælɪ / `væli] *n.* 山谷

3 journey [`dʒɝnɪ / `dʒɝni] *n.* 旅途

4 chimney [`tʃɪmnɪ / `tʃɪmni] *n.* 煙囪

5 homey [`homɪ / `homi] *a.* 像家一樣舒適的

朗讀 ▶

影片 ▶

第 **5** 章

i 與其他母音字母的搭配

母音字母 i 可與其他母音字母（**a**、**e**、**o**、**u**）形成搭配，形成 **ia**、**ie**、**io** 或 **iu** 等字母組合的單詞，茲分別說明如下：

—定律—
24　ia 的唸法

a ia 出現在單詞詞首時，通常發 KK 音標 [aɪ] 的音或類似漢字「**愛**」的音。

小練習 請跟讀下列單詞：
KK 音標僅供參考

| 1 | **diamond** [ˈdaɪmənd / ˈdaɪəmənd] *n.* 鑽石 |

| 2 | **diaper** [ˈdaɪpə / ˈdaɪəpə] *n.* 尿布 |

b **ia** 出現在單詞詞首時，亦會發 KK 音標 [ˋaɪə] 的音或類似漢字「**愛而**」的連音。

第 **1** 篇

小練習
KK 音標僅供參考

請跟讀下列單詞：

第 **5** 章／定律 **24**

1 **dial** [ˋdaɪəl] *v.* 撥（電話號碼）

2 **dialect** [ˋdaɪəlɛkt] *n.* 方言

3 **dialogue / dialog** [ˋdaɪəlɔg] *n.* 會話，對話

4 **giant** [ˋdʒaɪənt] *n.* 巨人

5 **liar** [ˋlaɪər] *n.* 說謊者

c **ia** 出現在單詞詞首時，有時會發 KK 音標 [ɪˋæ] 的音或類似漢字「以艾」的連音。

小練習
KK 音標僅供參考

請跟讀下列單詞：

1 **piano** [pɪˋæno] *n.*
鋼琴

但：pianist [ˋpɪənɪst] *n.* 鋼琴家（ia 發類似漢字「亦耳」的連音）

d **ia** 出現在單詞詞中時，會發 KK 音標 [ɪe] 的音或類似注音符號「一ㄟˋ」的音。

小練習
KK 音標僅供參考

請跟讀下列單詞：

1 **radiator** [ˋredɪeta]
n. 散熱器；（汽車）水箱

2 **mediator** [ˋmidɪ͵eta]
n. 調停人

e **ia** 出現在單詞詞尾時，會發 KK 音標 [ɪə] 的音或類似漢字「**亦耳**」的連音。

小練習 請跟讀下列單詞：
KK 音標僅供參考

1 **cafeteria** [ˌkæfəˋtɪrɪə]
n. 自助餐廳

2 **malaria** [məˋlɛrɪə]
n. 瘧疾

3 **utopia** [juˋtopɪə]
n. 烏托邦

4 **anemia** [əˋnimɪə]
n. 貧血（症）

25 ie 的唸法

a 單音節的單詞詞尾有 **ie** 時，**ie** 發 KK 音標 [aɪ] 的音或類似漢字「**愛**」的音。

小練習 請跟讀下列單詞：

KK 音標僅供參考

1 **die** [daɪ] *v.* 死亡

2 **lie** [laɪ] *v.* 躺；說謊

3 **pie** [paɪ] *n.* 餡餅，派

4 **tie** [taɪ] *v.* (用線、繩) 綁、栓

b 單音節的單詞詞中有 **ie** 時，**ie** 發 KK 音標 [i] 的音或類似漢字「**義**」的音。

小練習
KK 音標僅供參考

請跟讀下列單詞：

1 **field** [fild] *n.* 田野

2 **piece** [pis] *n.* 片；塊

3 **niece** [nis] *n.* 姪女；
外甥女

c 兩音節的單詞詞尾有 **ie** 時，**ie** 發 KK 音標 [i] 的音或類似漢字
「以」的音。

小練習
KK 音標僅供參考

請跟讀下列單詞：

1 **movie** [ˋmuvi] *n.* 電影

2 **zombie** [ˋzambi] *n.*
殭屍

io 的唸法

a 單詞詞首為 **io** 時，**io** 發 KK 音標 [ˈaɪə] 的音或類似漢字「**艾耳**」的音。

小練習 請跟讀下列單詞：
KK音標僅供參考

1 lion [ˈlaɪən] *n.* 獅子

2 violin [vaɪəˈlɪn] *n.*
小提琴

3 ion [ˈaɪən / ˈaɪɑn] *n.*
離子

4 iodine [ˈaɪəˌdaɪn] *n.*
碘

b **io** 之後接子音字母（**d**、**n**、**t** 等）出現在單詞詞尾時，會發 KK 音標 [ɪə] 的音或類似漢字「**易耳**」的短促連音。

小練習 請跟讀下列單詞：
KK 音標僅供參考

| 1 | **idiot** [ˈɪdɪət] *n.* 蠢人，笨蛋 |
| 2 | **period** [ˈpɪrɪəd] *n.* 一段時間 |

c **io** 出現在單詞詞尾時，會發 KK 音標 [ɪo] 的音或類似漢字「以偶」的連讀音。

小練習 請跟讀下列單詞：
KK 音標僅供參考

| 1 | **radio** [ˈredɪo] *n.* 收音機 |
| 2 | **audio** [ˈɔdɪo] *a.* 聲音的 |

| 3 | **ratio** [ˈreʃɪo] *n.* 比例，比率 |
| 4 | **patio** [ˈpætɪo] *n.* 露臺 |

第❶篇

第❺章／定律㉖

27 iu 的唸法

iu 多出現於單詞詞尾，發 KK 音標 [ɪə] 的音或類似「**以耳**」的短促連讀音。

小練習 請跟讀下列單詞：
KK 音標僅供參考

1 **genius** [ˈdʒinɪəs] *n.*
天才

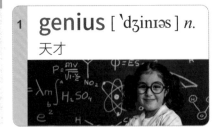

2 **aquarium**
[əˈkwɛrɪəm] *n.* 水族館；
養魚缸

3 **opium** [ˈopɪəm] *n.*
鴉片

4 **titanium** [taɪˈtenɪəm]
n. 鈦

朗讀 ▶

影片 ▶

第 **6** 章

o 與其他母音字母的搭配

母音字母 **o** 可與任何一個母音字母（**a**、**e**、**i**、**o**、**u**）搭配，形成 **oa**、**oe**、**oi**、**oo**、**ou** 的字母組合，也可與子音字母（如 **k**、**r**、**w**、**y**）組合，形成不同的發音。

定律

28 oa 的唸法

a 在由 **oa** 組合的單詞中，**oa** 通常發 KK 音標 [o] 的音或類似漢字「歐」的音。

小練習

KK 音標僅供參考

請跟讀下列單詞：

1 **boat** [bot] *n.* 小船

2 **coat** [kot] *n.* 外套

61

3 cockroach

[ˋkɑkˌrotʃ] *n.* 蟑螂

4 goal [gol] *n.* 目標

5 goat [got] *n.* 山羊

6 loaf [lof] *n.* 一條（麵包）

7 oak [ok] *n.* 橡樹

8 soap [sop] *n.* 肥皂

9 throat [θrot] *n.* 喉嚨

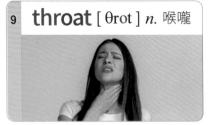

10 toast [tost] *n.* 烤吐司，烤麵包片

b **oar** 出現在單詞中時，會發 KK 音標 [ɔr] 的音或類似注音符號「ㄛㄦˇ」的捲舌音。

小練習
KK 音標僅供參考

請跟讀下列單詞：

1 **board** [bɔrd] *n.* 板子；木板

2 **aboard** [əˋbɔrd] *adv.* 在船 / 飛機 / 公車等上

3 **coarse** [kɔrs] *a.* 粗糙的

4 **hoarse** [hɔrs] *a.* （聲音）沙啞的

5 **oar** [ɔr] *n.* （木）槳

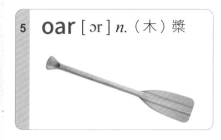

6 **soar** [sɔr] *v.* 升空

7 **boar** [bɔr] *n.* 野豬

8 **boarder** [ˋbɔrdɚ] *n.* 住宿生

c 由 **oa** 組合的英文單詞有時會發 KK 音標 [oˈe] 的音或類似注音符號「ㄡˇㄟ」的音。

小練習
KK 音標僅供參考　　請跟讀下列單詞：

1 **oasis** [oˈesɪs] *n.* 綠洲

─定律─
29　oe 的唸法

a 由 **oe** 組合的單詞若源自古希臘語，**oe** 會發 KK 音標 [i] 的音或類似漢字「**衣**」的音。

小練習
KK 音標僅供參考　　請跟讀下列單詞：

1 **phoenix** [ˈfinɪks]
n. 鳳凰

2 **amoeba** [əˈmibə]
n. 變形蟲

3 **Oedipus** [ˈidɪpəs]

n. 伊迪帕斯
（古希臘故事
中的某男子的
名字）

b **oe** 亦會發 KK 音標 [u] 的音或類似注音符號「ㄨˋ」的音。

小練習
KK 音標僅供參考

請跟讀下列單詞：

1 **shoe** [ʃu] *n.* 鞋子

2 **canoe** [kəˈnu] *n.*
獨木舟

c **oe** 亦會發 KK 音標 [o] 的音或類似注音符號「ㄡ」或漢字「歐」的音。

小練習

KK 音標僅供參考

請跟讀下列單詞：

1 **toe** [to] *n.* 腳趾頭
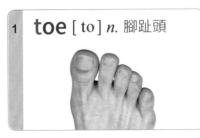

2 **Joe** [dʒo] *n.* 喬（男子名）

3 **foe** [fo] *n.* 敵人

4 **doe** [do] *n.* 母鹿；雌兔

5 **hoe** [ho] *n.* 鋤頭
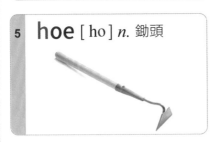

d oe 亦會發 KK 音標 [`oə] 的音或類似漢字「**歐哦**」的連讀音。

小練習 請跟讀下列單詞：
KK 音標僅供參考

1 poem [`poəm] *n.* 詩

2 poet [`poət] *n.* 詩人

但：poetic [po`ɛtɪk] *a.* 富有詩意的（oe 發類似注音符號「ㄡˇㄝ」的音。）

---

e 單詞 **do** [du]（做）的第三人稱為 **does**，該詞不唸成 [duz]，要唸成 [dʌz]，**doe** 發類似注音符號「ㄉㄜˋ」的音。

小練習 請跟讀下列單詞：
KK 音標僅供參考

1 does [dʌz] *v.* 做

第 **1** 篇

第 **6** 章／定律 **29**

—定律—

30 oi / oy 的唸法

單詞出現 **oi** 或 **oy** 時，**oi** 或 **oy** 會發 KK 音標 [ɔɪ] 的音或類似注音符號「ㄛˋㄧˇ」的音。**y** 原為子音字母，與母音字母 **o** 搭配時，視作母音字母，等同母音字母 **i**。

小練習 請跟讀下列單詞：

KK音標僅供參考

1 **avoid** [əˋvɔɪd] *v.* 避免

2 **boil** [bɔɪl] *v.* 煮沸

3 **coin** [kɔɪn] *n.* 硬幣

4 **join** [dʒɔɪn] *v.* 加入，參加

5 **noise** [nɔɪz] *n.* 吵鬧聲

6 **oil** [ɔɪl] *n.* 油

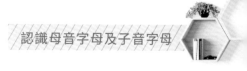

第 **①** 篇

第 **⑥** 章／定律 **㉚**

7 **point** [pɔɪnt] *n.*
重點，要點

8 **voice** [vɔɪs] *n.* 嗓音

9 **boy** [bɔɪ] *n.* 男孩

10 **joy** [dʒɔɪ] *n.* 快樂，歡樂

例外

英文偶有以 **oir** 結尾的單詞，這類單詞多源自法文，不唸成 [ɔɪr] 或類似注音符號「ㄛ－ㄦˇ」的音，而是發 KK 音標 [wɑr] 的音或類似漢字「**瓦爾**」的音。

小練習
KK 音標僅供參考

請跟讀下列單詞：

1 **reservoir**
[ˋrɛzɚˏvwɑr] *n.* 水庫

2 **memoir** [ˋmɛmwɑr]
n. 回憶錄
（恆用複數）

—定律—

31 oo 的唸法

由母音字母 **oo** 組合的單詞，**oo** 有下列三種發音：

a **oo** 會發 KK 音標 [u] 的音或類似漢字「霧」的音。

小練習
KK 音標僅供參考

請跟讀下列單詞：

1 **boot** [but] *n.* 靴子

2 **cool** [kul] *a.* 涼爽的

3 **food** [fud] *n.* 食物

4 **loose** [lus] *a.* 鬆動的，未固定的

5 **moon** [mun] *n.* 月亮

6 **noon** [nun] *n.* 中午

7 **pool** [pul] *n.* 游泳池

8 **room** [rum] *n.* 房間

9 **soon** [sun] *adv.* 很快，馬上

10 **tool** [tul] *n.* 工具

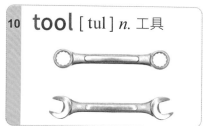

b **oo** 亦會發 KK 音標 [ʊ] 的短促音或類似介於漢字「霧」與「哦」之間的短促音。

小練習
KK 音標僅供參考

請跟讀下列單詞：

1 **book** [bʊk] *n.* 書

2 **cook** [kʊk] *n.* 廚師

3 **foot** [fʊt] *n.*（一隻）腳

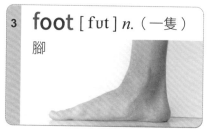

4 **good** [gʊd] *a.* 好的，不錯的

5 **look** [lʊk] v. & n. 瞧，看 	6 **wood** [wʊd] n. 木頭 
7 **wool** [wʊl] n. 羊毛；毛線 	8 **stood** [stʊd] v. 站立（stand 的過去式） 

c **oo** 亦會發 KK 音標 [ʌ] 的音或類似漢字「**餓**」的短促音。

　請跟讀下列單詞：

1 **blood** [blʌd] n. 血，血液 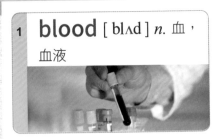	2 **flood** [flʌd] n. 洪水；水災 

—定律—
32 ou 的唸法

由 **ou** 組合的單詞，有下列數種發音：

a   **ou** 會發 KK 音標 [aʊ] 的音或類似漢字「**阿伍**」的連讀音。千萬不要發「澳」的音。

小練習   請跟讀下列單詞：

KK 音標僅供參考

1 **about** [əˋbaʊt] *prep.*
有關

2 **count** [kaʊnt] *v.* 計算

3 **ground** [graʊnd] *n.*
地面

4 **hour** [aʊr] *n.*（一）
小時，（一）點鐘

5 **house** [haʊs] *n.* 房子

6 **mouse** [maʊs] *n.*
老鼠

7 mouth [mauθ] *n.*
嘴巴

8 our [aur] *a.* 我們的

9 out [aut] *adv.* 外面，
往外

10 sour [saur] *a.* 酸的

b **ou** 亦會發 KK 音標 [u] 的音或類似漢字「霧」的音。

小練習

KK 音標僅供參考

請跟讀下列單詞：

1 soup [sup] *n.* 湯

2 group [grup] *n.*
群體；一群

3 wound [wund] *n.*
傷口；傷害

4 through [θru]
prep. 經過；透過

5 **route** [rut / raʊt] *n.*
路線

6 **bouquet** [buˈke]
n. 花束（源自
法語，t 不發音）

7 **boutique** [buˈtik]
n. 精品店（源自法語，
que 發 [k]
或漢字「可」
的無聲音）

8 **rouge** [ruʒ] *n.* 胭脂
（源自法語）

9 **coup** [ku] *n.* 政變
（源自法語，p 不發音）

c **ou** 亦會發 KK 音標 [ɔ] 的音或類似注音符號「ㄛ」的音。

請跟讀下列單詞：

1 **cough** [kɔf] *v.* 咳嗽

2 **course** [kɔrs] *n.*
課，課程

3 **court** [kɔrt] *n.* 法院

4 **fought** [fɔt] *v.* 打架；
吵架（**fight** 的過去式）

5 **four** [fɔr] *n.*（數字）4

6 **fourth** [fɔrθ] *n.*
（序數）第四

7 **fourteen** [fɔrˋtin]
n.（數字）14

8 **ought** [ɔt] *aux.* 應該

9 **pour** [pɔr] *v.* 傾倒；
下傾盆大雨

注意

forty [ˈfɔrtɪ] *n.*（數字）40（非 fourty）

d 「子音字母 **c** 或 **j** + **our**」組合的單詞出現在重音節時，**our** 會發 KK 音標 [ɝ] 的音或類似漢字「**餓爾**」的連讀捲舌音。

小練習　請跟讀下列單詞：
KK 音標僅供參考

1 **courage** [ˈkɝɪdʒ / ˈkʌrɪdʒ] *n.* 勇氣

2 **courtesy** [ˈkɝtəsɪ] *n.* 禮貌

3 **courteous** [ˈkɝtɪəs] *a.* 有禮貌的

4 **journey** [ˈdʒɝnɪ] *n.* 旅行，旅程

e 由 **ou** 組合的單詞中，若 **ou** 出現在字首字母之間且為重音節時，亦會發 KK 音標 [ʌ] 的音或類似注音符號「ㄜ」的音。

請跟讀下列單詞：

1 country [ˈkʌntrɪ]
n. 國家；鄉下

2 couple [ˈkʌpḷ] *n.*
情侶；夫妻

3 double [ˈdʌbḷ] *a.*
兩倍的

4 enough [ɪˈnʌf] *a.*
充足的

5 touch [tʌtʃ] *v.* 觸碰

6 tough [tʌf] *a.*
艱困的；堅強的

7 rough [rʌf] *a.* 粗糙的

f 由 **oul** 組合的助動詞（**could**、**should**、**would**）亦會發 KK 音標 [ʊ] 的音或類似漢字「屋」的短促音，且 **oul** 的 **l** 完全不發音。

小練習 請跟讀下列單詞：

KK 音標僅供參考

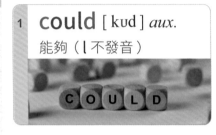

1 **could** [kʊd] *aux.*
能夠（l 不發音）

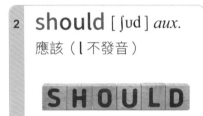

2 **should** [ʃʊd] *aux.*
應該（l 不發音）

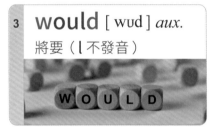

3 **would** [wʊd] *aux.*
將要（l 不發音）

4 **tour** [tʊr] *n.* 遊覽，
觀光

注意

tour 中的 **ou** 也發類似漢字「屋」的短促音。

g 由 **oul** 組合的單詞中，**oul** 會發 KK 音標 [ol] 的音或類似注音符號「ㄡˋ」再翹起舌尖的音。

請跟讀下列單詞：

1 **shoulder** [ˋʃoldɚ]
n. 肩膀

2 **mould** [mold] *n.*
模具〔英〕(＝mold〔美〕)

3 **boulder** [ˋboldɚ]
n. 巨石，大塊岩石

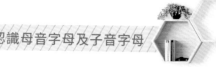

h 單詞詞尾為 **cious**、**tious** 時，會發 KK 音標 [ʃəs] 的音或類似注音符號「ㄕㄜˇㄙˇ」的音，唸「ㄙˇ」是無聲音，不振動聲帶。

第 **1** 篇

第 **6** 章／定律 **32**

小練習
KK 音標僅供參考

請跟讀下列單詞：

1 **delicious** [dɪˋlɪʃəs]
a. 好吃的

2 **precious** [ˋprɛʃəs]
a. 珍貴的

3 **ambitious**
[æmˋbɪʃəs] *a.*
有野心的，
有企圖心的

4 **conscious** [ˋkɑnʃəs]
a. 有意識的

5 **cautious** [ˋkɔʃəs]
a. 謹慎的，小心的

6 **nutritious**
[nuˋtrɪʃəs] *a.* 有營養的

第**7**章

u 與其他母音字母的搭配

u 通常只與母音字母（**a**、**e**、**i**）搭配，所形成的單詞詞首常有子音字母 **b**、**c**、**d**、**f**、**g**、**n**、**q**、**s**、**t** 等。

—定律—
33

a 以 **bui** 起首的單詞，**bui** 會發 KK 音標 [bɪ] 或類似漢字「比」的短促音。

小練習
KK 音標僅供參考

請跟讀下列單詞：

1 **build** [bɪld] *v.* 建立，建設

2 **builder** [ˈbɪldɚ] *n.* 建設者；建築工

3 **building** [ˈbɪldɪŋ] *n.* 大樓

b 以 **cue** 組合的單詞，**cue** 會發 KK 音標 [kju] 的音或類似注音符號「ㄎㄧㄡˋ」的音。

小練習
KK 音標僅供參考

請跟讀下列單詞：

1 **cue** [kju] *n.* 提示，暗示

c 以 **cui** 起首的單詞，**cui** 會發 KK 音標 [kwɪ] 的音或類似漢字「魁」的音。

小練習
KK 音標僅供參考

請跟讀下列單詞：

1 **cuisine** [kwɪˈzin]
n. 飯菜；烹飪

d 以 **due** 形成的單詞，**due** 發 KK 音標 [du]（美式）/ [dju]（英式）的音或類似注音符號「ㄉㄨˋ」/「ㄉㄧㄡˋ」的音。

小練習
KK音標僅供參考 請跟讀下列單詞：

1 **due** [du / dju] *a.*
由於

2 **duel** [ˈduəl / ˈdjuəl]
n.（兩人的）決鬥

---

e 以 **fuel** 形成的單詞讀音類似 **duel** 的英式發音，**fue** 發 KK 音標 [fju] 的音或類似注音符號「ㄈㄧㄡˋ」的音。

小練習
KK音標僅供參考 請跟讀下列單詞：

1 **fuel** [ˈfjuəl] *n.* 燃料

---

f 以 **gue** 起首的單詞，**gue** 發 KK 音標 [gɛ] 的音或類似注音符號「ㄍㄝˋ」的音。

小練習 請跟讀下列單詞：
KK音標僅供參考

1 **guess** [gɛs] *v.*
猜一猜

2 **guest** [gɛst] *n.*
賓客，來賓

g 以 **gue** 結尾的單詞，**gue** 通常只發 KK 音標 [g] 的音或類似漢字「葛」的音。且唸 [g] 或「葛」時，聲音很輕，幾乎聽不見。

小練習 請跟讀下列單詞：
KK音標僅供參考

1 **colleague** [ˈkɑlig]
n. 同事

2 **dialogue** [ˈdaɪəlɔg]
n. 對話（＝ dialog）

3 **league** [lig] *n.* 聯盟

4 **vague** [veg] *a.* 含糊
的，模糊的

5 **vogue** [vog] *n.*
時尚，流行

6 **fatigue** [fəˈtig] *n.*
疲勞

1 argue [ˈɑrgju] *v.* 爭論（**gue** 發類似注音符號「ㄍ一ㄡˇ」的音）

---

h 以 **nui** 起首的單詞，**nui** 發 KK 音標 [nu / nju] 的音或類似漢字「怒」／「拗」的音。

小練習 請跟讀下列單詞：
KK 音標僅供參考

1 **nuisance** [ˈnusəns（美）/ ˈnjusəns（英）] *n.* 令人討厭的人；麻煩事

---

i 以子音字母 **qu** 起首的單詞，**q** 發 KK 音標 [kw] 的音或類似漢字「闊」的無聲音。**q** 常與 **ua**、**ue**、**ui**、**uo** 搭配，形成不同的發音。

小練習 請跟讀下列單詞：
KK 音標僅供參考

1 **queen** [kwin] *n.* 皇后；女王

2 **question** [ˈkwɛstʃən] *n.* 問題

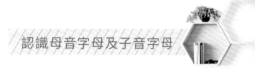

3 **quick** [kwɪk] *a.*
快的；迅速的

4 **quote** [kwot] *n.*
引語（= quotation
[kwoˋteʃən]）

5 **quack** [kwæk] *n.*
（鴨子的）呱呱叫聲；
蒙古大夫

6 **quad** [kwɑd] *a.* 四的

7 **quad bike**
四輪沙灘車

例外

1 queue [kju] *v.* 排隊（發類似漢字「科又」的連讀音）

j 以 **rui** 組合的常用單詞為 **ruin**。**rui** 發 KK 音標 [ˋruɪ] 的音或類
似漢字「辱以」的音。

小練習 請跟讀下列單詞：

KK 音標僅供參考

1 **ruin** [ˋruɪn] *v.* 毀壞，
破壞

2 **ruins** [ˋruɪnz] *n.* 廢墟

k 以 **sue** 組合的常用單詞有 **sue** 及 **suede**，發音完全不同。**sue** 發 KK 音標 [su] 的音或類似漢字「訴」的音。**suede** 發 KK 音標 [swed] 的音或類似漢字「**死為的**」的音。

小練習
KK 音標僅供參考

請跟讀下列單詞：

1 sue [su] *v.* 起訴

2 suede [swed] *n.* 麂皮

l 以 **sui** 組合的單詞有 **suit** 及 **suite**，發音完全不同。**suit** 發 KK 音標 [sut] 的音或類似注音符號「ㄙㄨˋ ㄊㄜˇ」的音，其中「ㄊㄜˇ」是無聲音。**suite** 則發 KK 音標 [swit] 的音或類似注音符號「ㄙˇ ㄨㄧˋ ㄊㄜˇ」的音，其中「ㄙˇ」及「ㄊㄜˇ」均為無聲音。

小練習
KK 音標僅供參考

請跟讀下列單詞：

1 suit [sut] *n.* 西裝，西服

2 suitcase [ˈsutkes]
n. 行李箱

3 **suite** [swit] *n.*（旅館）
套房

4 **suicide** [ˋsuɪˌsaɪd]
n. 自殺（**sui** 發類似注音符號「ㄙㄨ」「ㄧˋ」的短促連音或漢字「蘇以」的連音）

m 由 **tui** 組成的常見單詞有 **tuition**，**tui** 發 KK 音標 [tuˋɪ] 的音或類似漢字「**吐依**」的音。

小練習
KK 音標僅供參考

請跟讀下列單詞：

1 **tuition** [tuˋɪʃən] *n.*
學費

NOTES

第 2 篇

認識子音字母
在單詞中的發音

我們已知除了母音字母 a、e、i、o、u 外,其餘 21 個字母均為子音字母,它們分別是 b、c、d、f、g、h、j、k、l、m、n、p、q、r、s、t、v、w、x、y、z。

這些字母在英文單詞中出現時,所發的音與當作字母時的發音截然不同。

1 b 的唸法

a b 出現在單詞詞首時，發類似注音符號「ㄅ」的音。

小練習
KK音標僅供參考

請跟讀下列單詞：

1 **bad** [bæd] *a.* 壞的

2 **bat** [bæt] *n.* 蝙蝠

3 **bed** [bɛd] *n.* 床

4 **bet** [bɛt] *v. & n.* 打賭

5 **bit** [bɪt] *n.* 一點點

6 **Bob** [bɑb] *n.* 鮑伯
（男性名）

7 **but** [bʌt] *conj.* 但是

b **b** 出現在單詞詞尾時,仍應唸成「ㄅ」,不過實際發音時要緊閉雙脣,把氣憋住,幾乎不發聲。

小練習
KK 音標僅供參考

請跟讀下列單詞:

＊ 符號表示緊閉雙脣,憋住氣不發出聲音。

1 **rob** [rɑ＊] *v.* 搶劫

2 **pub** [pʌ＊] *n.* 夜店;小酒館

3 **mob** [mɑ＊] *n.* 一群暴民

4 **Bob** [bɑ＊] *n.* 鮑伯(男性名)

5 **cab** [kæ＊] *n.* 計程車

6 **lab** [læ＊] *n.* 實驗室
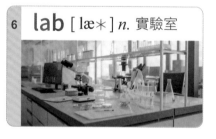

第 **2** 篇

定律 **1**

93

c 單詞以 **bl** 起首時，**b** 唸成類似注音符號「ㄅㄨˇ」的音，**l** 唸成類似注音符號「ㄌㄜˇ」的音，連讀成類似漢字「**不樂**」的音。

小練習
KK音標僅供參考

請跟讀下列單詞：

1 **black** [blæk] *a.* 黑色的 & *n.* 黑色

2 **blind** [blaɪnd] *a.* 失明的

3 **blood** [blʌd] *n.* 血，血液
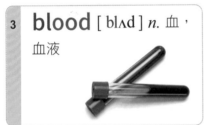

4 **blow** [blo] *v.* 吹

5 **blue** [blu] *a.* 藍色的 & *n.* 藍色

6 **bless** [blɛs] *v.* 賜福於

d 單詞以 **br** 起首時，**br** 唸成類似漢字「不惹」的連讀音。

小練習
KK 音標僅供參考　請跟讀下列單詞：

1 **bread** [brɛd] *n.* 麵包

2 **brick** [brɪk] *n.* 磚頭

3 **bright** [braɪt] *a.* 明亮的；聰明的

4 **bring** [brɪŋ] *v.* 帶來

5 **broad** [brɔd] *a.* 寬闊的

6 **brook** [brʊk] *n.* 小河，小溪流

第 **2** 篇

定律 **1**

—定律—

2 c 的唸法

a c 出現在單詞詞首，之後接母音字母 **a**、**o**、**u** 時，**c** 等同於 **k**，發類似注音符號「ㄎ」的音，但不振動聲帶，是無聲子音。

小練習 請跟讀下列單詞：

KK 音標僅供參考

1 **cake** [kek] *n.* 蛋糕

2 **car** [kɑr] *n.* 汽車

3 **cat** [kæt] *n.* 貓

4 **coach** [kotʃ] *n.* 教練

5 **cook** [kʊk] *v.* 烹飪；煮飯做菜

6 **cop** [kɑp] *n.* 警察

7 cut [kʌt] *v.* 切割

8 cute [kjut] *a.* 可愛的

b c 出現在單詞詞首，之後接母音字母 e、ei、i 或子音字母 y 時，c 等同於 s，發類似注音符號「ㄙˋ」的音，但不振動聲帶，是無聲子音。

第 **2** 篇

定律 **2**

小練習 請跟讀下列單詞：

KK 音標僅供參考

◆ ce 起首的單詞：

1 cell [sɛl] *n.* 細胞

2 cent [sɛnt] *n.* 一分錢

3 center [ˈsɛntɚ] *n.* 中心；中心點

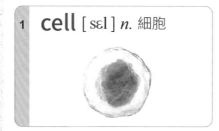

4 central [ˈsɛntrəl] *a.* 中央的

5 century [ˈsɛntʃərɪ] *n.* 世紀，一百年

◆ **cei** 起首的單詞：

1 **ceiling** [ˈsilɪŋ] *n.*
天花板

◆ **ci** 起首的單詞：

1 **city** [ˈsɪtɪ] *n.* 城市

2 **citizen** [ˈsɪtɪzn̩] *n.*
公民

3 **circle** [ˈsɝkl̩] *n.* 圓；
圓圈

4 **circus** [ˈsɝkəs] *n.*
馬戲團

5 **cigarette** [ˈsɪɡərɛt]
n. 香菸

6 **cigar** [sɪˈɡɑr] *n.* 雪茄

7 **cinema** [ˈsɪnəmə]
n. 電影院

8 **cicada** [sɪˈkedə] *n.*
蟬

第 **2** 篇

定律 **2**

◆ **cy** 起首的單詞：

1 **cycle** [ˈsaɪkl̩] *n.* 自行車（= bicycle [ˈbaɪsɪkl̩]）

2 **cyber-** [ˈsaɪbɚ] *prefix*
與電腦有關的

3 **cyclone** [ˈsaɪklon]
n.（印度洋）旋風

4 **cypress** [ˈsaɪprəs]
n. 柏樹

c cr 起首的單詞

cr 發 KK 音標 [kr] 的音,類似注音符號「ㄎㄨˇ」「ㄖㄨˊ」的快速連音,或漢字「**苦如**」的快速連音。

小練習 請跟讀下列單詞:

KK 音標僅供參考

1 **cry** [kraɪ] v. 哭

2 **crew** [kru] n. 團隊所有人員;全體機組人員

3 **crow** [kro] v.(公雞)喔喔叫

4 **creek** [krik] n. 小溪流

d 單詞詞尾為 **c**、**ck**、**ca**、**cal**、**cle**、**ckle**、**co**、**col**、**cue** 或 **cur** 時,**c** 均發類似注音符號「ㄎˇ」的無聲音。

小練習 請跟讀下列單詞:

KK 音標僅供參考

◆ 以 **c** 結尾的單詞,**c** 發 KK 音標 [k] 的音,或類似注音符號「ㄎˇ」的無聲音。

100

1 **basic** [ˋbesɪk] *a.*
基礎的，基本的

2 **comic** [ˋkamɪk] *a.*
滑稽的

3 **magic** [ˋmædʒɪk] *n.*
魔術

4 **music** [ˋmjuzɪk] *n.*
音樂

◆ 以 **ck** 結尾的單詞，**ck** 發 KK 音標 [k] 的音，或類似注音符號
「ㄎˇ」的無聲音。

1 **attack** [əˋtæk] *n.* &
v. 攻擊

2 **block** [blak] *v.* 阻擋

3 **brick** [brɪk] *n.* 磚頭

4 **check** [tʃɛk] *v.* & *n.*
檢查

第**2**篇

定律**2**

5 kick [kɪk] *v. & n.* 踢

6 pick [pɪk] *v.* 摘（水果）；選擇

7 sick [sɪk] *a.* 生病的

◆ 以 **ca** 結尾的單詞，**ca** 發 KK 音標 [kə] 的音，或類似注音符號「ㄎˇ」的有聲音。

1 harmonica
[harˋmɑnɪkə] *n.* 口琴

2 replica [ˋrɛplɪkə] *n.*
複製品

3 alpaca [ælˋpækə] *n.*
羊駝

◆ 以 **cal** 結尾的單詞，**cal** 發 KK 音標 [kəl] 或 [kḷ] 的音，或類似注音符號「ㄎㄡˇ」的有聲音，尾音要將舌頭頂在上顎（上排牙齒後面）。

1 **local** [ˋlokḷ] *a.* 地方的，當地的	**2** **classical** [ˋklæsɪkḷ] *a.* 古典的
3 **logical** [ˋlɑdʒɪkḷ] *a.* 合乎邏輯的	**4** **physical** [ˋfɪzɪkḷ] *a.* 身體的
5 **political** [pəˋlɪtɪkḷ] *a.* 政治的	**6** **historical** [hɪˋstɔrəkḷ] *a.* 歷史的

以 **cle / ckle** 結尾的單詞，**cle / ckle** 的發音與 **cal** 相同。

1 **bicycle** [ˈbaɪsɪkl̩] *n.* 腳踏車 	2 **cycle** [ˈsaɪkl̩] *n.* 循環 
3 **recycle** [riˈsaɪkl̩] *v.* 回收利用 	4 **circle** [ˈsɝkl̩] *n.* 圓；圓圈 
5 **uncle** [ˈʌŋkl̩] *n.* 叔叔 	6 **vehicle** [ˈviəkl̩] *n.* 車輛 
7 **sickle** [ˈsɪkl̩] *n.* 鐮刀 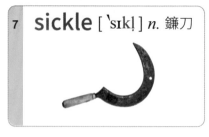	

例外

1 **muscle** [ˈmʌsl̩] *n.* 肌肉（**cle** 發類似注音符號「ㄡˇ」或漢字「偶」的音）

◆ **co / col** 結尾的單詞：

1 tobacco [təˋbæko]

n. 菸草

2 Morocco [məˋrako]

n. 摩洛哥（北非國家名）

3 protocol [ˋprotəˌkɔl]

n. （外交）禮節；議定書

第 **2** 篇

定律 **2**

◆ **cue** 結尾的單詞：

1 barbecue [ˋbɑrbɪkju]

n. 蒙古烤肉；戶外烤肉

2 rescue [ˋrɛskju]

v. & n. 援救；搶救

◆ **cur** 結尾的單詞：

1 occur [əˋkɝ] *v.* 發生

❸ d 的唸法

a d 出現在單詞詞首或詞中，之後接母音字母 **a**、**e**、**i**、**o**、**u** 時，d 發類似漢字「的」或注音符號「ㄉㄜˇ」的音。

小練習 請跟讀下列單詞：

KK音標僅供參考

1 **dad** [dæd] *n.* 爹，老爸

2 **dark** [dɑrk] *a.* 黑暗的

3 **desk** [dɛsk] *n.* 書桌

4 **die** [daɪ] *v.* 死亡

5 **doubt** [daʊt] *v.* 懷疑（b 不發音）

6 **duck** [dʌk] *n.* 鴨子

7 **dock** [dɑk] *n.* 船塢

8 **medal** [ˋmɛdl̩] *n.*
獎章；勳章

9 **dimple** [ˋdɪmpl̩] *n.*
酒窩

第 **②** 篇

定律 **③**

---

b **d** 出現在單詞詞尾時，仍發類似「**的**」或「**ㄉㄜˇ**」的音，但實際發音時先將舌頭頂住上排牙齒後面，憋氣，幾乎不發出聲音。

小練習
KK音標僅供參考

請跟讀下列單詞：

＊ 符號表示快要唸出 **d**（ㄉㄜˇ）的音時，即刻憋氣停止發音。

1 **afraid** [əˋfre＊] *a.*
害怕的

2 **bread** [brɛ＊] *n.*
麵包

3 **cloud** [klaʊ＊] *n.* 雲

4 **depend** [dɪˋpɛn＊]
v. 依賴

5	**Fred** [frɛ✶] *n.* 弗瑞 德（男性名）	6	**ground** [graʊn✶] *n.* 地面

7	**lead** [li✶] *v.* 帶領	8	**remind** [rɪˋmaɪn✶] *v.* 提醒

9	**sound** [saʊn✶] *v.* 聽起來	10	**tired** [taɪr✶] *a.* 感到 疲倦的

c dr 出現在單詞詞首或詞中時，**dr** 要發類似注音符號「ㄉㄜˇ」與「ㄖㄨㄜˇ」的快速連讀音，形成「ㄓㄨㄜˇ」的音。

 小練習
KK 音標僅供參考

請跟讀下列單詞：

1	**dragon** [ˋdrægən] *n.* 龍	2	**draw** [drɔ] *v.*（用鉛 筆、鋼筆等）畫

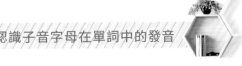

3 drawer [drɔr] *n.*
抽屜

4 dream [drim] *n.*
夢 & *v.* 夢想

5 Andrew [ˈændru]
n. 安德魯（男性名）

6 drink [drɪŋk] *v.* 喝
（水、飲料等）& *n.* 飲料

7 drive [draɪv] *v.* 駕駛
（汽車）

8 driver [ˈdraɪvɚ] *n.*
駕駛人

9 drug [drʌg] *n.* 毒品；
藥物

10 drum [drʌm] *n.* 鼓

第 ❷ 篇　定律 ❸

4 f 的唸法

a f 出現在單詞詞首或詞中，之後接母音字母 **a**、**e**、**i**、**o**、**u** 時，f 發類似漢字「**府**」或注音符號「**ㄈㄨˇ**」的音，但不振動聲帶，是無聲子音。

小練習
KK音標僅供參考

請跟讀下列單詞：

1 **face** [fes] *n.* 臉

2 **fall** [fɔl] *v.* 落下

3 **fat** [fæt] *a.* 肥胖的

4 **fear** [fɪr] *n.* & *v.* 害怕

5 **fit** [fɪt] *v.* 適合

6 **fill** [fɪl] *v.* 裝滿

7 full [fʊl] *a.* 充滿的

8 foot [fʊt] *n.* 腳（單數）

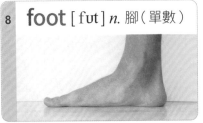

9 feet [fit] *n.* 腳（複數）

10 suffer [ˈsʌfɚ] *v.* 遭受痛苦

第 **2** 篇

定律 **4**

---

b f 若出現在單詞詞尾時，仍發「府」或注音符號「ㄈㄨˇ」的音，惟英美人士以正常速度交談時，會將詞尾 f 的「府」或「ㄈㄨˇ」的音唸得很輕，幾乎聽不出來。

小練習
KK 音標僅供參考

請跟讀下列單詞：

1 chief [tʃif] *n.* 首領；酋長

2 deaf [dɛf] *a.* 聾的

3 golf [ɡɒlf] *n.* 高爾夫球

4 self [sɛlf] *n.* 自己

5 **myself** [maɪˋsɛlf]
pron. 我自己

6 **off** [ɔf] *adv.* 脫離（比較：of [əv] *prep.* 屬於）

7 **proof** [pruf] *n.* 證據

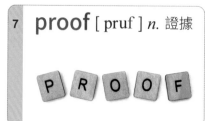

8 **scarf** [skɑrf] *n.* 圍巾

9 **thief** [θif] *n.* 小偷

10 **wolf** [wʊlf] *n.* 狼

c **fl** 出現在單詞詞首時，發 KK 音標 [fl] 的音，或類似注音符號「ㄈㄨˇ」（腐）+「ㄌㄜˋ」（樂）的連讀音。

小練習
KK音標僅供參考

請跟讀下列單詞：

1 **flag** [flæg] *n.* 旗子

2 **flat** [flæt] *a.* 平的

3 **flight** [flaɪt] *n.* 航班; 飛行

4 **flow** [flo] *v. & n.* 流動

5 **flower** [ˈflauɚ] *n.* 花朵

6 **fly** [flaɪ] *v.* 飛 *& n.* 蒼蠅

7 **flee** [fli] *v.* 逃跑

第 **2** 篇

定律 **4**

---

d **fr** 出現在單詞詞首時，發 KK 音標 [fr] 的音，或類似注音符號「ㄈㄨˇ」（腐）+「ㄖㄜˇ」（惹）的連讀音。

KK 音標僅供參考

請跟讀下列單詞：

1 **free** [fri] *a.* 自由的

2 **freedom** [ˈfridəm] *n.* 自由

3 frog [frɑg / frɔg] *n.*
青蛙

4 fry [fraɪ] *v.* 炸；煎

5 g 的唸法

a g 出現在單詞詞首或詞中，之後接母音字母 **a**、**e**、**i**、**o**、**u** 時，g 發類似漢字「葛」或注音符號「ㄍㄜˇ」的音。

小練習
KK音標僅供參考

請跟讀下列單詞：

1 **game** [gem] *n.* 遊戲；
比賽

2 **gate** [get] *n.* 大門

3 **get** [gɛt] *v.* 獲得

4 **give** [gɪv] *v.* 給予

5 begin [brˈgɪn] *v.* 開始

6 tiger [ˈtaɪgɚ] *n.* 老虎

7 God [gɑd] *n.* 上帝

8 good [gʊd] *a.* 好的

9 guitar [gɪˈtɑr] *n.* 吉他

10 guy [gaɪ] *n.* 小伙子，傢伙

第 **2** 篇

定律 **4** ～ **5**

b **gl** 出現在單詞詞首時，發 KK 音標 [gl] 的音，或類似注音符號「ㄍㄜˇ」（葛）+「ㄌㄜˋ」（樂）的連讀音。

小練習
KK 音標僅供參考

請跟讀下列單詞：

1 glad [glæd] *a.* 高興的

2 glass [glæs] *n.* 玻璃杯；玻璃

3 **glance** [glæns] *v.* &
n. 瞥視;匆匆一看

4 **globe** [glob] *n.* 地球;
地球儀

5 **glide** [glaɪd] *v.* 滑翔

6 **glacier** [ˋgleʃɚ] *n.*
冰川

c **gr** 出現在單詞詞首時,發 KK 音標 [gr] 的音,或類似注音符號
「ㄍㄜˇ」(葛)+「ㄖㄜˋ」(熱)的連讀音。

小練習
KK 音標僅供參考 **請跟讀下列單詞:**

1 **grade** [gred] *n.*
等級;成績

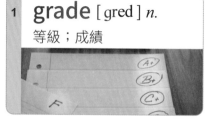

2 **grandfather**
[ˋgrænd͵faðɚ] *n.* 祖父

3 **great** [gret] *a.* 偉大
的;很棒的

4 **greedy** [ˋgridɪ] *a.*
貪心的

5 **grow** [gro] *v.* 成長；種植

6 **grab** [græb] *v.* 抓住

7 **graceful** [`gresfḷ]
a. 優雅的

第 **2** 篇

定律 **5**

---

d **g** 出現在單詞詞尾時，仍發「葛」或「ㄍㄜˇ」的音，惟快唸出來時立刻憋氣，幾乎聽不到「葛」或「ㄍㄜˇ」的音。

小練習

KK音標僅供參考

請跟讀下列單詞：

＊符號表示快要唸出 **g**（ㄍㄜˇ）的音時，即刻憋氣停止發音。

1 **bag** [bæ＊] *n.* 袋子

2 **big** [bɪ＊] *a.* 大的

3 dig [dɪ✻] *v.* 挖掘

4 dog [dɔ✻] *n.* 狗

5 drag [dræ✻] *v.* 拖，拉

6 egg [ɛ✻] *n.* 雞蛋

7 flag [flæ✻] *n.* 旗幟；國旗

8 hug [hʌ✻] *v. & n.* 擁抱

9 jog [dʒɑ✻] *v. & n.* 慢跑

10 pig [pɪ✻] *n.* 豬

6 h 的唸法

a h 出現在單詞詞首或詞中，之後接母音字母 **a**、**e**、**i**、**o**、**u** 時，h 發 KK 音標 [h] 的音，或漢字「**喝**」或類似注音符號「ㄏ」的無聲音，不振動聲帶。

小練習 請跟讀下列單詞：

KK音標僅供參考

1 **hat** [hæt] *n.* 帽子

2 **hair** [hɛr] *n.* 頭髮

3 **hand** [hænd] *n.* 手

4 **heart** [hɑrt] *n.* 心臟

5 **he** [hi] *pron.* 他

6 **her** [hɝ] *pron.* 她（受格）

7 hill [hɪl] *n.* 丘陵，小山

8 history [ˋhɪstrɪ] *n.* 歷史

9 hospital [ˋhɑspɪtl̩] *n.* 醫院

10 house [haʊs] *n.* 房子

例外

下列以 **h** 起首的單詞中，**h** 不發音，但 herb 的 **h** 發不發音皆可。

小練習
KK音標僅供參考

請跟讀下列單詞：

1 honest [ˋɑnɪst] *a.* 誠實的

2 honesty [ˋɑnəstɪ] *n.* 誠實

3 honor [ˋɑnɚ] *n.* 光榮；尊敬

4 herb [ɝb / hɝb] *n.* 藥草

5 heir [ɛr] *n.* 王位繼承人

b 以 **h** 結尾的常用單詞多為感歎詞，**h** 不發音。

小練習
KK 音標僅供參考

請跟讀下列單詞：

1 yeah [ˋjɛə] *adv.* 是的
（yes [jɛs] 的口語）

2 oh [o] *excl.* 哦

3 uh [ʌ] *excl.* 嗯，唔

4 uh-oh [ˋʌo] *excl.*
唉呦，糟了

5 uh-huh [ʌˋhʌ]
excl.（表示同意）嗯哼

c 以 **ch** 結尾的單詞，**ch** 有時發 KK 音標 [k] 的音或類似漢字「可」的無聲音，不振動聲帶。但 **ch** 亦常會發 KK 音標 [tʃ] 的音或類似漢字「起」的無聲音，不振動聲帶。

小練習　KK 音標僅供參考 **請跟讀下列單詞：**

1 **stomach** [ˋstɑmək] *n.* 胃

2 **beach** [bitʃ] *n.* 沙灘，海灘

3 **catch** [kætʃ] *v.* 抓住

4 **church** [tʃɝtʃ] *n.* 教會；教堂

5 **French** [frɛntʃ] *n.* 法語

6 **much** [mʌtʃ] *a.* 許多的

7 **rich** [rɪtʃ] *a.* 富有的

8 **teach** [titʃ] *v.* 教（書）

9 **which** [wɪtʃ] *pron.*
哪一個

d 以 **sh** 結尾的單詞，**sh** 會發 KK 音標 [ʃ] 的音或類似漢字「許」的無聲音，不振動聲帶。

小練習
KK音標僅供參考

請跟讀下列單詞：

1 **ash** [æʃ] *n.* 灰燼

2 **brush** [brʌʃ] *v.* 刷 &
n. 刷子

3 **cash** [kæʃ] *n.* 現金

4 **establish** [ɪˋstæblɪʃ]
v. 建立

5 **finish** [ˋfɪnɪʃ] *v.*
做完；結束

6 **foolish** [ˋfulɪʃ] *a.*
愚蠢的

7 fresh [frɛʃ] *a.* 新鮮的

8 push [puʃ] *v.* 推

9 selfish [ˈsɛlfɪʃ] *a.* 自私的

10 toothbrush [ˈtuθˌbrʌʃ] *n.* 牙刷

---

e 由 **eigh** 或 **eight** 組成的單詞中，**ei** 發 KK 音標 [e] 的音或類似注音符號「ㄟ」的音，之後的 **gh** 完全不發音。

小練習
KK 音標僅供參考

請跟讀下列單詞：

1 eight [et] *n.* （數字）8

2 weight [wet] *n.* 重量

3 weigh [we] *v.* 重達；量……的體重

4 sleigh [sle] *n.* 雪橇

124

f 由 **igh** 或 **ight** 組成的單詞中，**i** 發 KK 音標 [aɪ] 的音或類似漢字「**愛**」的音，之後的 **gh** 完全不發音。

小練習 請跟讀下列單詞：
KK 音標僅供參考

第 **2** 篇

定律 **6**

1 **high** [haɪ] *a.* 高的

2 **sigh** [saɪ] *v.* 嘆氣

3 **bright** [braɪt] *a.* 明亮的；聰明的

4 **light** [laɪt] *n.* 光線；明亮

5 **night** [naɪt] *n.* 晚上，夜間

6 **right** [raɪt] *n.* 權利；右邊

7 **sight** [saɪt] *n.* 視力；風景

8 **flight** [flaɪt] *n.* 飛行；（飛機）航班

| 9 | **knight** [naɪt] *n.* 武士，騎士  | 10 | **tight** [taɪt] *a.* 緊的  |

—定律—
7 # j 的唸法

j 往往出現在單詞詞首，有兩種發音：

a j 發 KK 音標 [dʒ] 的音或類似注音符號「ㄓㄜˇ」的短促音。

小練習 請跟讀下列單詞：
KK 音標僅供參考

| 1 | **Jack** [dʒæk] *n.* 傑克（男性名）  | 2 | **Japan** [dʒəˋpæn] *n.* 日本  |
| 3 | **jail** [dʒel] *n.* 監獄  | 4 | **jazz** [dʒæz] *n.* 爵士樂  |

5 job [dʒɑb] *n.* 工作

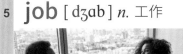

6 jog [dʒɑg] *v.* & *n.* 慢跑

7 joke [dʒok] *n.* 笑話

8 judge [dʒʌdʒ] *n.* 法官 & *v.* 判斷

9 jump [dʒʌmp] *v.* 跳躍

10 junk [dʒʌŋk] *n.* 廢棄物;垃圾

第 **2** 篇

定律 **6** ~ **7**

---

b 英文中有些以 **j** 起首的單詞源自西班牙文,此時 **j** 發 KK 音標 [h] 的音或類似注音符號「厂」的無聲音,不振動聲帶。

小練習
KK 音標僅供參考

請跟讀下列單詞:

1 San Jose [ˌsæn hoˈze] *n.* 聖荷西(美國加州某城市)

2 junta [ˈhʊntə] *n.* (以武力奪權的)軍政府

andriano_cz - stock.adobe.com

—定律—

8

k 的唸法

k 無論出現在單詞詞首或詞尾，均發 KK 音標 [k] 的音或類似漢字「可」的無聲音。

小練習

KK 音標僅供參考

請跟讀下列單詞：

1 **key** [ki] *n.* 鑰匙；關鍵

2 **kick** [kɪk] *v. & n.* 踢

3 **king** [kɪŋ] *n.* 國王

4 **book** [bʊk] *n.* 書本

5 **ink** [ɪŋk] *n.* 墨水

6 **look** [lʊk] *v.* 瞧瞧

7 **mask** [mæsk] *n.*
面具；口罩

8 **park** [pɑrk] *n.* 公園

9 **talk** [tɔk] *v.* 講話

10 **weak** [wik] *a.* 虛弱的

第 **②** 篇

定律 **⑧**

注意

以 **kn** 起首的單詞中，**k** 不發音，**n** 才發音，唸成 KK 音標 [n]
的音或類似注音符號「ㄋ」的有聲音。

小練習 請跟讀下列單詞：
KK 音標僅供參考

1 **knee** [ni] *n.* 膝蓋

2 **knife** [nɑɪf] *n.* 刀子

3 **knock** [nɑk] *v.* 敲擊；
碰撞

4 **know** [no] *v.* 知道，
了解

5 **knowledge** [ˈnɑlɪdʒ] *n.* 知識

6 **knight** [naɪt] *n.*
武士，騎士

7 **knit** [nɪt] *v.* 編織；針織

2 以 **kl** 或 **kr** 起首的英文極少出現，且多為外來語。其中的 **kr** 唸成類似注音符號「ㄎㄨˇ」（苦）+「ㄖㄜˇ」（惹）的連讀音。最常出現以 **kr** 起首的單詞只有 krill（磷蝦）。

小練習
KK 音標僅供參考 請跟讀下列單詞：

1 **krill** [krɪl] *n.* 磷蝦

―定律―
9 l 的唸法

a 字母 l 出現在單詞詞首時，發 KK 音標 [l] 的有聲音或類似準備要唸出注音符號「ㄌ」之前的音，即將舌頭翹起，舌尖抵住上排牙齒振動聲帶發出的聲音。或者直接將字母 l 唸成「ㄌ」也可以。

小練習
KK 音標僅供參考

請跟讀下列單詞：

1 **lake** [lek] *n.* 湖

2 **lamp** [læmp] *n.* 燈

3 **ladder** [ˋlædɚ] *n.* 梯子

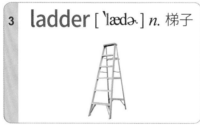

4 **lead** [lid] *v.* 領導，帶領

5 **letter** [ˋlɛtɚ] *n.* 英文字母；信件

6 **like** [laɪk] *v.* 喜歡

7 **lock** [lɑk] *n.* 鎖頭 &
v. 鎖住

8 **lonely** [ˋlonlɪ] *a.*
寂寞的

9 **lucky** [ˋlʌkɪ] *a.* 幸運的

10 **luggage** [ˋlʌgɪdʒ]
n. 行李

b 字母 **l**、**ll** 或 **le** 出現在單詞詞尾時，會發漢字「歐」的音，惟同
時保持舌尖頂在上排牙齒之後。

小練習
KK 音標僅供參考

請跟讀下列單詞：

1 **all** [ɔl] *a.* 所有的，全
部的

2 **ball** [bɔl] *n.* 球

3 **doll** [dɑl] *n.* 洋娃娃

4 **fail** [fel] *v.* 失敗

5 **hole** [hol] *n.* 洞,洞穴

6 **ill** [ɪl] *a.* 生病的

7 ＊**local** [ˋlokḷ] *a.* 當地的 & *n.* 當地人

8 ＊**metal** [ˋmɛtḷ] *n.* 金屬

9 **noodle** [ˋnudḷ] *n.* 麵條(常用複數)

注意

以上標示有＊的單詞 local 和 metal 中的 cal 和 tal,實際在美語中分別唸類似注音符號「ㄍㄡˇ」和「ㄉㄡˇ」的音。

10 m 的唸法

a 字母 **m** 出現在單詞詞首時，發 KK 音標 [m] 的音，即將雙脣閉合，振動聲帶，發出類似漢字「嗯」的雙脣閉合音。為了方便教學起見，有些老師會將出現在單詞詞首的字母 **m** 唸成類似注音符號「ㄇ」的音，這樣也可以。

小練習 請跟讀下列單詞：
KK 音標僅供參考

1 machine [məˈʃin]
n. 機器

2 magic [ˈmædʒɪk] *n.*
魔術

3 manager
[ˈmænɪdʒɚ] *n.* 經理

4 market [ˈmɑrkɪt]
n. 市場

5 medical [ˈmɛdɪkḷ]
a. 醫學的

6 message [ˈmɛsɪdʒ]
n. 訊息

7 **model** [ˈmɑdḷ] *n.*
模特兒；模型

8 **mop** [mɑp] *n.* 拖把

9 **mother** [ˈmʌðɚ] *n.*
媽媽，母親

10 **movie** [ˈmuvɪ] *n.*
電影

第 **2** 篇

定律 **10**

b 字母 **m** 或 **me** 出現在單詞詞尾時，只發類似漢字「嗯」的雙唇閉合音，振動聲帶。

小練習
KK音標僅供參考

請跟讀下列單詞：

1 **come** [kʌm] *v.* 來

2 **cream** [krim] *n.*
奶油；護膚霜
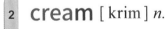

3 **farm** [fɑrm] *n.* 農場

4 **game** [gem] *n.* 遊戲；
比賽
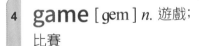

5 jam [dʒæm] *n.* 果醬

6 name [nem] *n.* 名字

7 room [rum] *n.* 房間

8 team [tim] *n.* 球隊；
小隊

9 time [taɪm] *n.* 時間

10 worm [wɝm] *n.* 蠕蟲

—定律—
11 n 的唸法

a 字母 **n** 在單詞詞首時，發 KK 音標 [n] 的音，類似拉長唸注音符號「ㄣ」的尾音，此時舌頭會自然頂在上顎。有些英文老師為了方便教學，便鼓勵學生凡見到字母 **n** 在母音字母之前時，將 **n** 唸成注音符號的「ㄋ」，這樣也可以。

小練習 請跟讀下列單詞：

KK 音標僅供參考

1	**no** [no] *adv.* 不 & *a.* 沒有	2	**nose** [noz] *n.* 鼻子

3	**neck** [nɛk] *n.* 頸，脖子	4	**nail** [nel] *n.* 指甲

5	**news** [nuz] *n.* 新聞消息	6	**next** [nɛkst] *a.* 下一個的，接下來的

7	**north** [nɔrθ] *n.* 北方	8	**nature** [ˋnetʃɚ] *n.* 大自然

9	**nobody** [ˋnobədɪ] *pron.* 沒有人	10	**necklace** [ˋnɛkləs] *n.* 項鍊

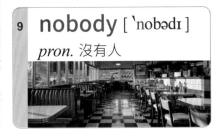

第 **2** 篇

定律 **10** ~ **11**

b 字母 **n** 出現在單詞詞尾時，**n** 只能發出類似唸注音符號「ㄣ」的拉長尾音，此時舌頭自然會頂在上顎處。

請跟讀下列單詞：

KK音標僅供參考

1 **bean** [bin] *n.* 豆子

2 **button** [ˋbʌtn̩] *n.* 鈕扣

3 **chin** [tʃɪn] *n.* 下巴

4 **fan** [fæn] *n.* 扇子；粉絲

5 **man** [mæn] *n.* 男人；人類

6 **pen** [pɛn] *n.* 筆；鋼筆

7 **queen** [kwin] *n.* 女王；皇后

8 **run** [rʌn] *v.* 跑步

9 turn [tɜn] v. 轉動

10 win [wɪn] v. 獲勝；
贏得

第 **2** 篇
定律 **⑪**

c 單詞以 **ng** 結尾時，**ng** 要發 KK 音標 [ŋ] 的音，發此音時，嘴巴半張，舌頭平放，振動聲帶，發出注音符號「ㄤ」的音，最後的尾音變成鼻音時，就是 [ŋ] 的發音。

小練習
KK 音標僅供參考

請跟讀下列單詞：

1 bring [brɪŋ] v. 帶來

2 hang [hæŋ] v. 垂掛

3 king [kɪŋ] n. 國王

4 long [lɔŋ] a. 長的

5 ring [rɪŋ] n. 戒指；
鈴聲

6 sing [sɪŋ] v. 唱（歌）

7 spring [sprɪŋ] *n.* 春天

8 swing [swɪŋ] *v.* 搖擺

9 tongue [tʌŋ] *n.* 舌頭

10 wing [wɪŋ] *n.* 翅膀

d 單詞以 **nk** 或 **nc** 結尾時，**nk / nc** 要發 KK 音標 [ŋk] 的音，即唸完鼻音 [ŋ] 之後再發類似漢字「可」的無聲音，不振動聲帶。

小練習 KK 音標僅供參考 請跟讀下列單詞：

1 thank [θæŋk] *v.* 謝謝

2 monk [mʌŋk] *n.* 和尚

3 sink [sɪŋk] *v.* 下沉 & *n.* 洗碗槽

4 tank [tæŋk] *n.* 坦克車

5 oink [ɔɪŋk] *n.* 豬叫聲

6 Zinc [zɪŋk] *n.* 鋅

第 **②** 篇

定律 **⑪**

e 兩音節單詞以 **ton**、**tain**、**don**、**den** 結尾時，正常速度的美式發音唸法，**ton / tain** 的子音字母 **t** 幾乎不發音，會唸成注音符號「ㄣˇ」尾音形成的鼻音。**don / den** 發類似注音符號「ㄉㄜˇ」與「ㄣˇ」的快速連讀音，形成「ㄉㄣˇ」的音。

小練習

KK音標僅供參考

請跟讀下列單詞：（箭頭後面為正常速度的唸法）

1 button [ˈbʌtən] *n.*
鈕扣 → [ˈbʌtn̩]（巴ㄣˇ）

2 cotton [ˈkatən] *n.*
棉花 → [ˈkatn̩]（卡ㄣˇ）

3 **mutton** [ˈmʌtən] *n.*
羊肉 → [ˈmʌtn̩] (媽ㄅˇ)

4 **fountain** [ˈfaʊntən]
n. 噴水池
→ [ˈfaʊntn̩] (方ㄅˇ)

5 **mountain** [ˈmaʊntən]
n. 山
→ [ˈmaʊntn̩] (茫ㄅˇ)

6 **pardon** [ˈpɑrdən]
v. 原諒 → [ˈpɑrdn̩]

7 **wooden** [ˈwʊdən]
a. 木製的 → [ˈwʊdn̩]

—定律—

12 p 的唸法

字母 **p** 出現在單詞詞首時，發 KK 音標 [p] 的音或類似注音符號「ㄆ」的無聲音，不振動聲帶。為方便教學起見，有些英文老師會將字母 **p** 唸成「ㄆㄜˇ」的音。

第 **2** 篇

定律 ⑪ ~ ⑫

小練習 請跟讀下列單詞：

KK 音標僅供參考

1 park [pɑrk] *v.* 停車 & *n.* 公園

2 pet [pɛt] *n.* 寵物

3 pipe [paɪp] *n.* 水管；煙斗

4 pond [pɑnd] *n.* 池塘

5 pray [pre] *v.* 祈禱

6 print [prɪnt] *v.* 印刷；列印

7 push [puʃ] *v.* 推

8 popcorn [ˋpɑpˏkɔrn]
n. 爆米花

9 peel [pil] *n.* 果皮 & *v.*
剝（果皮）

10 peep [pip] *v.* 偷看

—定律—
13 ph 的唸法

a 字母 **ph** 出現在單詞詞首時，**ph** 發 KK 音標 [f] 的無聲音，不
振動聲帶，或發類似漢字「**府**」的無聲音，亦不振動聲帶。

小練習　請跟讀下列單詞：
KK 音標僅供參考

1 phone [fon] *n.*
電話；手機

2 photo [ˋfoto] *n.* 照片
（此處 t 實際應唸「ㄉㄜ˘」）

3 **physician**
[fɪˋzɪʃən] *n.* 內科醫師

4 **physics** [ˋfɪzɪks] *n.*
物理

5 **phase** [fez] *n.* 階段

6 **pharmacy**
[ˋfɑrməsɪ] *n.* 藥房

7 **Phillip** [ˋfɪlɪp] *n.*
菲利普（男性名）

8 **phonics** [ˋfɑnɪks]
n. 自然拼讀學

9 **phonetics**
[fəˋnɛtɪks] *n.* 發音學

第 **2** 篇

定律 **12** ~ **13**

145

b 字母 **ph** 出現在單詞詞尾時，**ph** 亦發 KK 音標 [f] 的無聲音，不振動聲帶。或類似漢字「**府**」的無聲音，亦不振動聲帶。若以 **phe** 或 **phy** 結尾時，則唸成 [fɪ]，類似漢字「**府**」和「**一**」的連讀音。

小練習

請跟讀下列單詞：

1 **photograph**
[ˈfotəɡræf] *n.* 照片

2 **autograph**
[ˈɔtəɡræf] *n.* （名人的）
親筆簽名

3 **paragraph**
[ˈpærəɡræf] *n.* （文章）
一段

4 **Ralph** [rælf] *n.*
雷夫（男性名）

5 **biography**
[baɪˈɑɡrəfɪ] *n.* 傳記

6 **trophy** [ˈtrofɪ] *n.*
獎盃，獎座

7 **catastrophe**
[kəˈtæstrəfɪ] *n.* 災難

—定律—

14 psy 的唸法

a 字母 **psy** 出現在單詞詞首時，**p** 不發音，之後的 **sy** 發 KK 音標 [saɪ] 的音或類似漢字「**賽**」的音。

小練習 請跟讀下列單詞：

KK 音標僅供參考

1 psychology
[saɪˋkɑlədʒɪ] *n.* 心理學

2 psychologist
[saɪˋkɑlədʒɪst] *n.* 心理學家

3 psychic [ˋsaɪkɪk] *n.*
有特異功能者

4 psychiatry
[saɪˋkaɪətrɪ] *n.* 精神病學

147

b 字母 **psy** 出現在單詞詞尾時，**psy** 發 KK 音標 [psɪ]，或類似注音符號「ㄆㄨˇㄙㄧˇ」的音，其中「ㄆㄨˇ」是無聲音，不振動聲帶。

請跟讀下列單詞：

1 **autopsy** [ˈɔtɑpsɪ]
n. 解剖

2 **gypsy** [ˈdʒɪpsɪ] *n.*
吉普賽人

—定律—

15 q 的唸法

a 字母 **q** 之後要接 **u** 方可形成 KK 音標 [kw] 的無聲音，或類似注音符號「ㄎㄨㄛˇ」的無聲音，均不振動聲帶。**qu** 之後再接母音字母 **a**、**e**、**i** 或 **o**，形成 **qua**、**que**、**qui** 或 **quo** 等出現在詞首方可組成有意義的單詞。**qua** 會發 [kwe]（「ㄎㄨㄟ」）、[kwæ]（「ㄎㄨㄝ」）、[kwɑ]（「ㄎㄨㄚ」）的音。**que** 會發 [kwɛ]（「ㄎㄨㄝ」）或 [kwi]（「ㄎㄨㄧ」）的音。**qui** 會發 [kwɪ]（「ㄎㄨㄧ」）的音，**quo** 會發 [kwo]（「ㄎㄨㄡ」）的音。

小練習 請跟讀下列單詞：
KK音標僅供參考

1 **quake** [kwek] *n.*
地震

2 **quack** [kwæk] *n.*
（鴨子的）呱呱叫聲；蒙
古大夫

3 **quality** [ˈkwɑlətɪ]
n. 品質

4 **quest** [kwɛst] *n.*
尋找，追求

第 **2** 篇

定律 **14** ~ **15**

5 **question** [ˈkwɛstʃən]
n. 問題

6 **queen** [kwin] *n.*
女王；皇后

7 **quit** [kwɪt] *v.* 停止；
戒掉

8 **quiz** [kwɪz] *n.* 小考

9 **quote** [kwot] *v. & n.*
引用，引述

10 **quotation**
[kwoˈteʃən] *n.* 引述；
引文

b 「字母 **e** + **qua**」或「字母 **e** + **qui**」亦可組合成下列的單詞，此時 **e** 發類似漢字「一」的音或短促音。

請跟讀下列單詞：

1 **equal** [`ikwəl] *a.*
平等的

2 **equality** [ɪ`kwɑlətɪ]
n. 平等

3 **equip** [ɪ`kwɪp] *v.*
使配備

4 **equipment**
[ɪ`kwɪpmənt] *n.* 裝備

c 字母 **que** 亦可置單詞詞尾，**que** 發 KK 音標 [k] 的無聲音，或類似漢字「可」的無聲音，均不振動聲帶。

請跟讀下列單詞：

1 **technique**
[tɛk`nik] *n.* 技巧；工藝

2 **unique** [ju`nik] *a.*
獨一無二的

3 **antique** [æn`tik] *n.*

古物;古董

4 **mosque** [mɑsk] *n.*

清真寺

5 **physique** [fɪ`zik]

n. 體格

6 **boutique** [bu`tik]

n. 精品店

7 **plaque** [plæk] *n.*

匾額

HISTORIC HOTELS
of AMERICA
NATIONAL TRUST FOR HISTORIC PRESERVATION

MelissaMN - stock.adobe.com

8 **picturesque**

[ˌpɪktʃə`rɛsk] *a.* 風景如

畫的

第 **❷** 篇

定 律 **⑮**

—定律—

16 r 的唸法

a 字母 **r** 出現在單詞詞首時，之後一定會接母音字母 **a**、**e**、**i**、**o** 或 **u**，以組合成有意義的單詞。此時 **r** 發 KK 音標 [r] 的有聲音，類似漢字「惹」或注音符號「ㄖㄜˇ」的有聲音，振動聲帶。

小練習
KK 音標僅供參考

請跟讀下列單詞：

1 **rabbit** [ˋræbɪt] *n.*
兔子

2 **rainbow** [ˋrenbo]
n. 彩虹

3 **read** [rid] *v.* 閱讀

4 **relax** [rɪˋlæks] *v.*
放輕鬆

5 **ride** [raɪd] *v.* 乘坐；騎

6 **river** [ˋrɪvɚ] *n.* 河流

7	**road** [rod] *n.* 馬路

8	**rock** [rɑk] *n.* 岩石；搖滾樂

9	**rub** [rʌb] *v.* 摩擦；搓

10	**run** [rʌn] *v.* 跑

第 **②** 篇

定律 **⑯**

b 字母 **rh** 出現在單詞詞首時，**r** 發 KK 音標 [r] 的音，類似漢字「惹」或注音符號「ㄖㄜˇ」的有聲音，振動聲帶。**h** 則完全不發音。

小練習 請跟讀下列單詞：

KK 音標僅供參考

1	**rhetoric** [ˋrɛtərɪk] *n.* 修辭學

2	**rhyme** [raɪm] *v.* 押韻

3	**rhythm** [ˋrɪðəm] *n.* 節奏；韻律

4	**rhino** [ˋraɪno] *n.* 犀牛（rhinoceros 的簡寫）

c 字母 **r** 出現在單詞詞尾時，**r** 會發類似注音符號「儿ˇ」或漢字「爾」的捲舌音。且 **r** 之前多半會與母音字母 **a**、**e**、**i**、**o**、**u** 結合，形成以 **air**、**ar**、**are**、**er**、**eir**、**ir**、**oir**、**or**、**ore**、**our**、**ur** 或 **ure** 結尾的單詞。

◆ **-air** air 會發 KK 音標 [ɛr] 或類似漢字「**誒爾**」的音。

小練習 請跟讀下列單詞：
KK音標僅供參考

1 **chair** [tʃɛr] *n.* 椅子

2 **fair** [fɛr] *a.* 公正的，公平的

3 **pair** [pɛr] *n.* 一對，一雙

4 **affair** [əˋfɛr] *n.* 婚外情；事情

5 **despair** [dɪˋspɛr] *n.* 絕望（s 之後有 p 時，p 要唸成「ㄅ」）

◆ **-ar** ar 會發 KK 音標 [ɑr]（或 ㄚ ㄦˇ）、[ɔr]（或 ㄛ ㄦˇ）、[ɚ]（即 [ɚ] 變化而成）（或 ㄜ ㄦˇ）的音。

小練習 請跟讀下列單詞：

KK 音標僅供參考

1 **bar** [bɑr] *n.* 酒吧；小酒館

2 **car** [kɑr] *n.* 汽車

3 **far** [fɑr] *adv.* 遠 & *a.* 遠的

4 **cigar** [sɪˋgɑr] *n.* 雪茄

5 **guitar** [gɪˋtɑr] *n.* 吉他
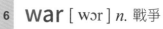

6 **war** [wɔr] *n.* 戰爭

7 **calendar** [ˋkæləndɚ] *n.* 日曆

8 **dollar** [ˋdɑlɚ] *n.* 美元

第 **2** 篇

定律 **16**

9 solar [ˈsolɚ] *a.* 太陽的

10 sugar [ˈʃugɚ] *n.* 糖

注意

1 以上單詞中，單音節單詞如 bar、car 及 far 的 ar 均發 KK 音標 [ɑr] 或類似「**阿爾 / ㄚ ㄦˇ**」的音。其餘兩音節以上以 ar 結尾的單詞中，**ar** 均唸成 KK 音標 [ɚ] 或類似「**爾 / ㄦˇ**」的音。

2 cigar [sɪˈɡɑr]、guitar [ɡɪˈtɑr] 的重音在第二音節，故 ar 發漢字「**阿爾**」或注音符號「**ㄚ ㄦˇ**」的音。

◆ **-are**　are 會發 KK 音標 [ɛr] 或漢字「**誒爾**」的音。

小練習　請跟讀下列單詞：

KK 音標僅供參考

1 care [kɛr] *n.* 照料；小心

2 share [ʃɛr] *v.* 分享

3 aware [əˈwɛr] *a.* 意識到的，知道的

4 bare [bɛr] *a.* 裸露的

5 **dare** [dɛr] *v.* 敢於

6 **fare** [fɛr] *n.* 車費；
船費；機票費

7 **rare** [rɛr] *a.* 稀少的，
稀罕的

8 **scare** [skɛr] *v.* 使害怕

第 **❷** 篇

定律 **⑯**

9 **square** [skwɛr] *n.*
正方形；廣場

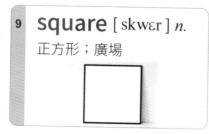

注意

1 以上單詞中，scare 及 square 中的子音字母 c、q 的實際唸法
為類似漢字「葛」或注音符號「ㄍㄜˇ」的音。

2 單詞 **are**（是）要唸成 KK 音標 [ɑr] 或「阿爾 / ㄚ儿ˇ」。

-er er 會發 KK 音標 [ɚ] 或類似注音符號「ㄦˇ」的捲舌音。

請跟讀下列單詞：

1 **computer**
[kəmˋpjutɚ] *n.* 電腦

2 **fighter** [ˋfaɪtɚ] *n.*
鬥士

3 **power** [ˋpauɚ] *n.*
權力；電力

4 **river** [ˋrɪvɚ] *n.* 河；
河流

5 **teacher** [ˋtitʃɚ] *n.*
老師

6 **timer** [ˋtaɪmɚ] *n.*
計時器

7 **weaker** [ˋwikɚ] *a.*
更虛弱的（weak 的比較級）

8 **hitter** [ˋhɪtɚ] *n.*
打擊者

158

9 **letter** [ˈlɛtɚ] *n.* 信件；
（英文）字母

注意

以上單詞中的 hitter 及 letter 的第二音節均為 ter，此時在美語中 ter 應唸成類似 KK 音標 [dɚ] 的音（類似漢字「**得爾**」的捲舌音）。

第 ❷ 篇

定律 ⑯

◆ **-eir** eir 會發 KK 音標 [ɛr] 或類似漢字「**誒爾**」的捲舌音。

小練習 請跟讀下列單詞：
KK 音標僅供參考

1 **their** [ðɛr] *a.* 他們的；
她們的；它們的；牠們的

2 **heir** [ɛr] *n.* 繼承人（h 不發音）

-ir ir 會發 KK 音標 [ɝ] 或類似注音符號「ㄦˇ」的捲舌音。但以 **nir** 結尾的單詞，則會發 KK 音標 [nɪr] 或類似漢字「逆爾」的捲舌音。

小練習
KK 音標僅供參考

請跟讀下列單詞：

1 sir [sɝ] *n.* 先生

2 flirt [flɝt] *v.* 調情

3 souvenir [ˌsuvəˈnɪr]
n. 紀念品

-oir 以 **oir** 結尾的單詞，**oir** 會發 KK 音標 [ˈwɑɪr]（漢字「外爾」）或 [wɑr]（漢字「瓦爾」）的音。

小練習
KK 音標僅供參考

請跟讀下列單詞：

1 choir [kwɑɪr] *n.*
（教堂）唱詩班；合唱團

2 reservoir
[ˈrɛzəˌvwɑr] *n.* 水庫

3 **memoir** [`mɛmwɑr]

n. 回憶錄

◆ **-or** **or** 常發 KK 音標 [ɚ] 或類似漢字「**爾**」的捲舌音；也會發
KK 音標 [ɔr] 或類似漢字「**哦爾**」的捲舌音。

小練習 請跟讀下列單詞：

KK 音標僅供參考

1 **color** [`kʌlɚ] *n.* 顏色

2 **neighbor** [`nebɚ]

n. 鄰居

3 **flavor** [`flevɚ] *n.*

（食物或飲料的）味道

4 **honor** [`ɑnɚ] *n.*

光榮，榮幸

5 **humor** [`hjumɚ] *n.*

幽默

6 **harbor** [`hɑrbɚ] *n.*

港；港口

7 labor [ˈlebɚ] *n.* 勞動

8 conductor
[kənˈdʌktɚ] *n.*（樂隊）
指揮；列車長

9 tumor [ˈtumɚ] *n.*
腫瘤

10 mentor [ˈmɛnˌtɔr]
n. 導師

—定律—
17　s 的唸法

a 字母 s 出現在單詞詞首時，發 KK 音標 [s] 的無聲音或類似注音
符號「ㄙˇ」的無聲音，不振動聲帶。

小練習
KK 音標僅供參考

請跟讀下列單詞：

1 sad [sæd] *a.* 悲傷的

2 save [sev] *v.* 拯救

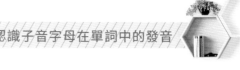

3 **seed** [sid] *n.* 種子

4 **sick** [sɪk] *a.* 生病的

5 **slippery** [ˋslɪpərɪ] *a.* 滑的

6 **snail** [snel] *n.* 蝸牛

7 **snake** [snek] *n.* 蛇

8 **sock** [sɑk] *n.* （一隻）短襪

9 **soap** [sop] *n.* 肥皂

10 **sweat** [swɛt] *n.* 汗 & *v.* 出汗

第 **2** 篇

定律 **16** ~ **17**

b 字母 **sce** 或 **scien** 出現在單詞詞首時，**sce** 發 KK 音標 [si] 或類似注音符號「ㄙㄧˋ」的音。**scien** 則發 KK 音標 [ˋsaɪən] 或注音符號「ㄙㄞㄣˇ」的音。

請跟讀下列單詞：

1
scene [sin] *n.*（事故等發生的）現場

2
scenery [ˋsinərɪ] *n.* 風景

3
science [ˋsaɪəns] *n.* 科學

4
scientist [ˋsaɪəntɪst] *n.* 科學家

例外

① scent [sɛnt] *n.* 氣味（sce 發類似注音符號「ㄙㄝˋ」的音）

c 字母 **s** 出現在單詞詞尾，且 **s** 之前為有聲子音字母（如 **b**、**d**、**g**、**l**、**m**、**n**、**r**、**v**、**w**、**y**）時，**s** 亦發 KK 音標 [z] 的有聲子音或類似注音符號「ㄖˇ」（不捲舌）的音，但發音很輕，幾乎聽不到。

小練習 請跟讀下列單詞：

KK 音標僅供參考

1 **crabs** [kræbz] *n.*
螃蟹（複數）

2 **bugs** [bʌgz] *n.* 小昆
蟲（複數）

3 **rugs** [rʌgz] *n.* 地毯
（複數）

4 **girls** [gɝlz] *n.* 女孩
（複數）

5 **pens** [pɛnz] *n.* 鋼筆
（複數）

6 **cows** [kaʊz] *n.* 母牛；
乳牛（複數）

7 **bows** [boz] *n.* 弓（複
數）

8 **boys** [bɔɪz] *n.* 男孩
子（複數）

注意

以 -ds 結尾的單詞，-ds 不能唸成 KK 音標 [-dz] 的音，而要將
[-dz] 連成一個音，如注音符號「ㄗˇ」的音，但聲音很弱，幾
乎像唸漢字「**此**」的無聲音。

請跟讀下列單詞：

1 **boards** [bɔrdz] *n.*
木板；板子（複數）

2 **fields** [fildz] *n.* 田野
（複數）

3 **woods** [wʊdz] *n.*
樹林（恆為複數）

4 **words** [wɜdz] *n.*
單詞；字（複數）

5 **ponds** [pɑndz] *n.*
池塘（複數）

6 **pounds** [paʊndz]
n. 英鎊；磅（複數）

d 字母 **s** 出現在單詞詞尾，且 **s** 之前為無聲子音字母（如 **k**、**p**、**t**）時，**s** 亦發 KK 音標 [s] 或類似注音符號「ㄙˇ」的無聲音。

請跟讀下列單詞：

1 **books** [bʊks] *n.*
書（複數）

2 **cups** [kʌps] *n.* 杯子
（複數）

166

3 seats [sits] *n.* 座位（複數）

4 cuts [kʌts] *v.* 切割（第三人稱單數動詞）

5 sits [sɪts] *v.* 坐（第三人稱單數動詞）

【注意】

以 -ts 結尾的單詞，-ts 不能唸成 KK 音標 [-ts] 的音，而要將 [-ts] 連成一個音，如注音符號「ㄘˇ」的音，但不振動聲帶。

e 字母 **s** 出現在單詞詞首或詞中，之後接子音字母 **k**、**p**、**t** 時，這三個字母要分別唸成 KK 音標 [g]（如注音符號「ㄍㄜˇ」）、[b]（如注音符號「ㄅㄜˇ」）、[d]（如注音符號「ㄉㄜˇ」）的音。

小練習
KK 音標僅供參考

請跟讀下列單詞：（箭頭後面為正常的唸法）

1 skirt [skɝt] → [sgɝt] *n.* 裙子

2 sky [skaɪ] → [sgaɪ] *n.* 天空

3 **speak** [spik] → [sbik] *v.* 說話；演講

4 **whisper** [ˈwɪspɚ] → [ˈwɪsbɚ] *v.* 低聲說話；講悄悄話

5 **sister** [ˈsɪstɚ] → [ˈsɪsdɚ] *n.* 姊姊；妹妹

6 **monster** [ˈmɑnstɚ] → [ˈmɑnsdɚ] *n.* 怪物

7 **mobster** [ˈmɑbstɚ] → [ˈmɑbsdɚ] *n.* （一位）暴民

f 單詞以 **se** 結尾時，**se** 之前若是子音字母（如 **n**、**l**、**p** 等），**se** 發 KK 音標 [s] 的無聲子音，或類似注音符號「ㄙˇ」的無聲音。

小練習 請跟讀下列單詞：
KK音標僅供參考

1 **else** [ɛls] *adv.* 別的；
其他

2 **expense** [ɪkˋspɛns]
n. 費用

3 **sense** [sɛns] *n.* 感覺

4 **corpse** [kɔrps] *n.*
屍體

第 **2** 篇

定律 **⑰**

g 單詞以 **se** 結尾，**se** 之前有母音字母（如 **ea**、**e**、**i**、**o**、**u**）時，**se** 發 KK 音標 [z] 的有聲子音，或類似漢字「撕」的尾音。

小練習 請跟讀下列單詞：
KK音標僅供參考

1 **ease** [iz] *n.* 容易

2 **disease** [dɪˋziz] *n.*
疾病

3 rise [raɪz] *v.* 升起；上升

4 rose [roz] *n.* 玫瑰

5 close [kloz] *v.* 關閉

6 those [ðoz] *pron.* 那些

7 these [ðiz] *pron.* 這些

8 confuse [kənˈfjuz] *v.* 使糊塗

例外

use（使用）和 house（房子）作名詞時，兩者的 se 皆要發類似注音符號「ㄙˇ」的無聲音；use（使用）和 house（提供住所）作動詞時，se 則發類似漢字「撕」的尾音。

h 以 **ch**、**sh**、**dge**、**x** 結尾的單詞，之後接 **es** 形成複數名詞或第三人稱單數動詞時，**es** 發 KK 音標 [ɪz] 的音或類似漢字「一撕」的連讀音。

小練習　請跟讀下列單詞：

KK音標僅供參考

1 **beach** [bitʃ] *n.* 海灘
→ **beaches** [ˋbitʃɪz]
（複數）

2 **church** [tʃɝtʃ] *n.* 教堂
→ **churches** [ˋtʃɝtʃɪz]
（複數）

3 **search** [sɝtʃ] *v.* 尋找
→ **searches** [ˋsɝtʃɪz]
（第三人稱單數動詞）

4 **dish** [dɪʃ] *n.* 碟，盤子
→ **dishes** [ˋdɪʃɪz]（複數）

5 **push** [pʊʃ] *v.* 推 →
pushes [ˋpʊʃɪz]
（第三人稱單數動詞）

6 **judge** [dʒʌdʒ] *n.* 法官
→ **judges** [ˋdʒʌdʒɪz]
（複數）

7 **box** [bɑks] *n.* 盒；箱子
→ **boxes** [ˋbɑksɪz]
（複數）

第 **2** 篇

定律 **17**

i 以 **sion** 結尾的單詞，**sion** 之前若為母音字母（如 **a**、**i**、**u** 等）時，**sion** 發 KK 音標 [ʒən] 的音。**sion** 之前若為子音字母（如 **n**、**s** 等）時，**sion** 發 KK 音標 [ʃən] 的音。

小練習
KK音標僅供參考 請跟讀下列單詞：

1 **occasion** [əˈkeʒən / əˈkeʒn̩] *n.* 場合，時機

2 **television** [ˈtɛləˌvɪʒən / ˈtɛləˌvɪʒn̩] *n.* 電視

3 **confusion** [kənˈfjuʒən / kənˈfjuʒn̩] *n.* 困惑；混亂

4 **dimension** [dɪˈmɛnʃən / dɪˈmɛnʃn̩] *n.* 空間

5 **mission** [ˈmɪʃən / ˈmɪʃn̩] *n.* 任務

6 **version** [ˈvɝʒən] *n.* 版本

注意

由上得知，**sion** 之前有母音字母（如 **a**、**i**、**u**），**sion** 故發 [ʒən] 的音，或類似漢字「**忍**」的音。**sion** 之前若有子音字母則發 [ʃən] 的音，或類似漢字「**審**」的音。但在單詞 version 中，**sion** 之前雖有子音字母 **r**，可是 **ver** 唸成 KK 音標 [vɝ] 或將上排牙齒咬住下脣發出類似漢字「**夫爾**」的連讀音，而 [ɝ]（唸類似漢字「**爾**」的音）是捲舌母音，故 **sion** 發 [ʒən] 或類似漢字「**忍**」的音。

j 單詞以 **tion** 或 **cian** 結尾時，**tion** 或 **cian** 均發 KK 音標 [ʃən] 的音，或類似漢字「**審**」的音。

小練習 請跟讀下列單詞：
KK音標僅供參考

1 **action** [ˈækʃən / ˈækʃn̩] *n.* 行動

2 **direction** [dɪˈrɛkʃən / dɪˈrɛkʃn̩] *n.* 方向；指導

3 **education** [ˌɛdʒəˈkeʃən / ˌɛdʒəˈkeʃn̩] *n.* 教育

4 **position** [pəˈzɪʃən / pəˈzɪʃn̩] *n.* 位置；姿勢

5 **station** [ˈsteʃən] *n.* 車站

6 **vacation** [veˈkeʃən / veˈkeʃn̩] *n.* 假期

7 **magician** [məˈdʒɪʃən / məˈdʒɪʃn̩] *n.* 魔術師

8 **politician** [ˌpaləˈtɪʃən / ˌpaləˈtɪʃn̩] *n.* 政治人物；政客

第 **2** 篇

定律 **17**

9 **physician**
[fɪˋzɪʃən / fɪˋzɪʃn̩] *n.*
內科醫師

k 單詞以 **stle** 結尾時，**stle** 發 KK 音標 [sl̩] 的音，類似注音符號「ㄙㄡˇ」或漢字「叟」的音，但受到 **stle** 中的 **l** 影響，尾音要翹起舌尖。

小練習
KK音標僅供參考

請跟讀下列單詞：

1 **castle** [ˋkæsl̩] *n.* 城堡

2 **wrestle** [ˋrɛsl̩] *v.* 摔角

3 **whistle** [ˋwɪsl̩] *n.*
口哨；哨子

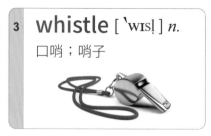

4 **jostle** [ˋdʒɑsl̩] *v.* 推，擠

―定律―

18 t 的唸法

字母 **t** 所形成的單詞會出現在詞首（如：**top**「頂端」）、詞中（如：**attack**「攻擊」）或詞尾（如：**want**「要」），**t** 始終發 KK 音標 [t] 的無聲音或類似注音符號「ㄊㄜˇ」的無聲音，不振動聲帶。

a t 出現在詞首

小練習
KK 音標僅供參考

請跟讀下列單詞：

第 **②** 篇

定律 ⑰ ~ ⑱

1 table [ˋteblˍ] *n.* 餐桌

2 talk [tɔk] *v.* 談話

3 taxi [ˋtæksɪ] *n.* 計程車

4 teacher [ˋtitʃ·] *n.* 老師

5 telephone [ˋtɛləfon] *n.* 電話機

6 tent [tɛnt] *n.* 帳篷

7 **test** [tɛst] *n.* 測驗

8 **time** [taɪm] *n.* 時間

9 **tired** [taɪrd] *a.* 感到疲倦的

10 **tool** [tul] *n.* 工具

b **t** 出現在詞中

請跟讀下列單詞：

1 **attack** [ə`tæk] *v.* & *n.* 攻擊

2 **party** [`partɪ] *n.* 派對

3 **cattle** [`kætḷ] *n.* 牛群

4 **participate** [par`tɪsə‚pet] *v.* 參與

5 atom [ˋætəm] *n.*
原子

6 attain [əˋten] *v.*
取得；獲得

c t 出現在詞尾

小練習 請跟讀下列單詞：

KK音標僅供參考

1 cat [kæt] *n.* 貓

2 eat [it] *v.* 吃

3 joint [dʒɔɪnt] *n.*
關節

4 quiet [ˋkwaɪət] *a.*
安靜的

5 skirt [skɝt] *n.* 裙子

6 smart [smɑrt] *a.*
聰明的

7 **sweet** [swit] *a.*
甜的；甜美的

8 **waist** [west] *n.* 腰

9 **wrist** [rɪst] *n.* 手腕

10 **yacht** [jɑt] *n.* 遊艇

d 有些單詞以 **te** 結尾，也發 KK 音標 [t] 的音，不振動聲帶。

小練習
KK音標僅供參考

請跟讀下列單詞：

1 **date** [det] *n.* 日期 &
v. 與（某人）約會

2 **educate** [ˋɛdʒəˌket]
v. 教育

3 **fate** [fet] *n.* 命運

4 **gate** [get] *n.* 大門

5 **hate** [het] *v.* 痛恨

6 **late** [let] *a.* 遲到的；
近深夜的

7 **mate** [met] *n.* 伴侶

8 **rate** [ret] *n.* 比率；
費用

第 **②** 篇

定律 **⑱**

9 **white** [waɪt] *a.*
白色的 & *n.* 白色

—定律—
19 th 的唸法

a 限定詞（如定冠詞 **the**、指示形容詞／指示代名詞
如 **this**、**that**、**these**、**those**、**they**）詞首均以 th 起首，此
時 **th** 要發 KK 音標 [ð] 的有聲子音。唸此音時，舌頭放鬆平放，
再以上下排牙齒輕咬住舌頭前部位置，吹氣並振動聲帶，但堵住
欲吹出來的氣。簡言之，即吐出舌頭前三分之一的部分，上下排
牙齒輕咬舌頭，發注音符號「ㄗ˘」的有聲音。

小練習 請跟讀下列單詞：
KK音標僅供參考

1 **the** [ðə / ðɪ] *det.* 這個
（＝this）；那個（＝that）；
這些（＝these）；那些
（＝those）

2 **this** [ðɪs] *det.* & *pron.*
這個

3 **these** [ðiz] *det.* &
pron. 這些

4 **that** [ðæt] *det.* & *pron.*
那個

5 **those** [ðoz] *det.* &
pron. 那些

6 **they** [ðe] *pron.* 他們；
她們；它們；牠們

b 除上列限定詞外，其他單詞以 **th** 起首時，幾乎均發 KK 音標 [θ] 的無聲子音。發此音時，與發 [ð] 音一樣，吐出三分之一的舌頭，上下排牙齒輕輕咬住該舌頭部分，吹氣，同時發注音符號「ㄘˇ」的無聲音。

第 **❷** 篇

定律 **⓳**

小練習
KK 音標僅供參考

請跟讀下列單詞：

1 **thank** [θæŋk] *v.* 謝謝

2 **theater** [ˈθiətɚ] *n.* 戲院

3 **thick** [θɪk] *a.* 厚的

4 **thin** [θɪn] *a.* 薄的；（人）身體瘦的

5 **thief** [θif] *n.* 小偷

6 **think** [θɪŋk] *v.* 思考；想

7 **three** [θri] *n.* （基數詞）3

8 **throw** [θro] *v.* 扔；擲

9 **threaten** [ˈθrɛtn̩]
v. 威脅

10 **thorn** [θɔrn] *n.* 刺

例外

① **though** [ðo] *conj.* 雖然（發 **th** 的音時，先吐舌頭，上下排牙齒輕輕咬住舌頭，發「ㄗˋ」的有聲音）

② **although** [ɔlˈðo] *conj.* 雖然（發 **th** 的音時，先吐舌頭，上下排牙齒輕輕咬住舌頭，發「ㄗˋ」的有聲音）

③ **Thailand** [ˈtaɪˌlænd] *n.* 泰國（**th** 發「ㄊㄜˋ」的無聲音）

④ **the Thames** [tɛmz] *n.* 泰晤士河（**th** 發「ㄊㄜˋ」的無聲音）

c 單詞詞尾為 **th** 時，**th** 大多會發 KK 音標 [θ] 的音，即吐出約三分之一的舌頭，上下排牙齒輕輕咬住舌頭，發類似注音符號「ㄙˋ」的無聲子音，不振動聲帶。

小練習 請跟讀下列單詞：
KK 音標僅供參考

1 **bath** [bæθ] *n.* 洗澡

2 **breath** [brɛθ] *n.*
呼吸

3 **cloth** [klɔθ] *n.* （一塊）布

4 **moth** [mɔθ] *n.* 飛蛾

5 **north** [nɔrθ] *n.* 北方

6 **path** [pæθ] *n.* 小路；小徑

第 **❷** 篇

定律 **⑲**

7 **tooth** [tuθ] *n.* 牙齒（單數）

8 **teeth** [tiθ] *n.* 牙齒（複數）

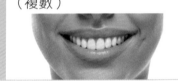

9 **wealth** [wɛlθ] *n.* 財富

10 **width** [wɪdθ / wɪtθ] *n.* 寬度（此處 d 實際上不發音）

例外

❶ with [wɪð] *prep.* 與，和……在一起（亦有英美人士將 th 唸成類似「ㄙˇ」的無聲子音）

d 單詞詞尾為 **the** 時，**the** 發 KK 音標 [ð] 的音，即吐出舌頭前三分之一的部分，上下排牙齒輕咬住舌頭，發注音符號「ㄗˇ」的有聲子音。

小練習
KK 音標僅供參考

請跟讀下列單詞：

1 **bathe** [beð] *v.* 為（某人 / 自己）洗澡

2 **clothe** [kloð] *v.* 為（某人 / 自己）穿衣服

3 **soothe** [suð] *v.* 舒緩

注意

以上三個單詞 **th** 之後的 **e** 均可刪除，再加 **ing**，形成動名詞、名詞或形容詞。

小練習
KK 音標僅供參考

請跟讀下列單詞：

1 **bathe → bathing**
[ˋbeðɪŋ] *v.* 洗澡（動名詞）

2 **clothe → clothing**
[ˋkloðɪŋ] *n.* 衣服（總稱，不可數）

3 soothe → soothing
[ˋsuðɪŋ] *a.* 舒解的

注意

clothes [kloðz] 是名詞,恆用複數,與不可數名詞 clothing 同義,均表「衣服」。由於 **th** 在本字中很難發音,故在美語中大多數人均將 clothes 唸成 [kloz],即 **th** 不發音。

―定律―
20 stion 的唸法

單詞結尾為 **stion** 時,發 KK 音標 [stʃən] 的音,類似注音符號「ㄙ ˇ ㄓㄣ ˇ」的音。其中「ㄙ ˇ」是無聲音,不振動聲帶。

小練習　請跟讀下列單詞:
KK 音標僅供參考

1 question [ˋkwɛstʃən]
n. 問題

2 suggestion
[sə(g)ˋdʒɛstʃən] *n.* 建議

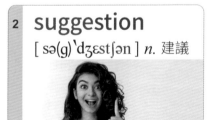

3	**digestion** [daɪˋdʒɛstʃən] *n.* 消化	4	**congestion** [kənˋdʒɛstʃən] *n.* 擁塞，阻塞

21 tious 及 cious 的唸法

單詞結尾為 **tious** 或 **cious** 時，**tious** 或 **cious** 均發 KK 音標 [ʃəs] 的音，或類似注音符號「ㄕㄜˇㄙˇ」的音，唸「ㄙˇ」時不振動聲帶，是無聲音。

小練習 請跟讀下列單詞：

KK音標僅供參考

1	**delicious** [dɪˋlɪʃəs] *a.* 可口的，好吃的	2	**precious** [ˋprɛʃəs] *a.* 珍貴的

3	**ambitious** [æmˋbɪʃəs] *a.* 雄心勃勃的	4	**gracious** [ˋgreʃəs] *a.* 和藹的；仁慈的

5 **cautious** [ˋkɔʃəs]
a. 小心的，謹慎的

6 **spacious** [ˋspeʃəs]
a. 寬敞的

7 **vicious** [ˋvɪʃəs] *a.*
兇猛危險的

第 **2** 篇

定律 **20** ~ **22**

━定律━

22 **tial 及 cial** 的唸法

單詞結尾為 **tial** 或 **cial** 時，**tial** 或 **cial** 唸成 KK 音標 [ʃəl / ʃl]
的音，或類似漢字「**秀**」的音，再加上舌頭翹起的尾音。

小練習
KK 音標僅供參考

請跟讀下列單詞：

1 **social** [ˋsoʃəl / ˋsoʃl]
a. 社會的；社交的

2 **official** [əˋfɪʃəl / əˋfɪʃl]
n. 官員＆*a.* 正式的

3 artificial
[ˌɑrtəˈfɪʃəl / ˌɑrtəˈfɪʃl̩]
a. 人工的

4 beneficial
[ˌbɛnɪˈfɪʃəl / ˌbɛnɪˈfɪʃl̩]
a. 有利的

5 commercial
[kəˈmɝʃəl / kəˈmɝʃl̩] *a.*
貿易的；商業的

6 partial [ˈpɑrʃəl /
ˈpɑrʃl̩] *a.* 部分的

─定律─
23 v 的唸法

字母 **v** 出現在英文單詞詞首時，發 KK 音標 [v] 的音，類似注音符號「ㄈㄨˇ」或漢字「**府**」的音，是有聲子音。發此音時，先將上排牙齒輕咬住下脣，憋住氣並振動聲帶。

小練習
KK 音標僅供參考

請跟讀下列單詞：

◆ 詞首：

1 van [væn] *n.* 廂型車

2 vegetable
[ˈvɛdʒtəbl̩] *n.* 蔬菜

3 vest [vɛst] *n.* 背心

4 visit [ˈvɪzɪt] *v. & n.*
訪問

5 vote [vot] *v. & n.*
投票；選舉

第 **②** 篇

定律 **22** ~ **23**

◆ 詞尾（多以 **ve** 結尾，**e** 不發音）：

1 above [əˈbʌv] *prep.*
在……之上

2 brave [brev] *a.*
勇敢的

3 drive [draɪv] *v.* 駕駛，
開車

4 serve [sɝv] *v.* 服務；
供應（餐飲）

5 solve [sɑlv] *v.* 解決

24 w 的唸法

a 字母 **w** 出現在單詞詞首時，吹氣並振動聲帶發 KK 音標 [w] 的音，或類似注音符號「ㄨㄛˇ」或漢字「**我**」的音。

小練習 請跟讀下列單詞：
KK 音標僅供參考

1 **wait** [wet] *v.* 等候

2 **watch** [watʃ] *v.* 看 & *n.* 手錶

3 **water** [ˈwatɚ] *n.* 水
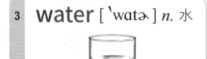

4 **weather** [ˈwɛðɚ] *n.* 天氣

5 **weak** [wik] *a.* 虛弱的

6 **wolf** [wʊlf] *n.* 狼

7 word [wɜd] *n.* 單詞；字；話

8 world [wɜld] *n.* 世界

9 worried [ˋwɜɪd] *a.* 感到憂慮的

10 wound [wund] *n.* （身體上的）傷口

第 **2** 篇

定律 **24**

---

b 字母 **w** 出現在單詞詞尾時，**w** 不發音。

小練習 請跟讀下列單詞：

KK 音標僅供參考

1 arrow [ˋæro] *n.* 箭

2 blow [blo] *v.* 吹

3 bow [bo] *n.* 弓

4 bow [baʊ] *v.* 鞠躬

5 cow [kaʊ] *n.* 母牛；
乳牛

6 crow [kro] *n.* 烏鴉

7 eyebrow [ˈaɪˌbraʊ]
n. 眉毛

8 flow [flo] *v.* （水）流動

9 row [ro] *v.* 划（船）
& *n.* 一排 / 行 / 列

10 saw [sɔ] *n.* 鋸子

---

c 有些單詞以 **wh** 起首，不論美式或英式發音，均發 KK 音標 [w]
的音，或類似注音符號「ㄨㄜˇ」或漢字「**我**」的音。換言之，
w 之後的 **h** 不發音。

小練習
KK 音標僅供參考

請跟讀下列單詞：

1 wheel [wil] *n.* 輪子

2 wheat [wit] *n.* 小麥

3 **when** [wɛn] *adv.*
何時;當

W h e n

4 **where** [wɛr] *adv.*
在哪裡

5 **white** [waɪt] *a.* 白色
的 & *n.* 白色

6 **why** [waɪ] *adv.* 為什麼

注意

who [hu] *pron.* 誰（此處 w 不發音）

---

d 單詞以 **wr** 起首時，**w** 不發音，只發 **r** 的音，類似注音符號「ㄖㄜˇ」或漢字「惹」的音。

小練習
KK音標僅供參考

請跟讀下列單詞:

1 **write** [raɪt] *v.* 寫

2 **wrong** [rɔŋ] *a.* 錯的,
不正確的

3 **wrap** [ræp] *v.* 將……
包裹起來

4 **wrestle** [ˋrɛsḷ] *v.*
摔角

5 **wrinkle** [ˋrɪŋkḷ] *n.*
皺紋

6 **wreath** [riθ] *n.* 花圈

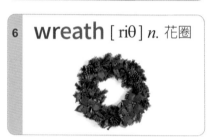

—定律—

25 x 的唸法

a 字母 **x** 自成一個單詞與另一個單詞 **ray** [re]（光線）搭配時，**x** 要大寫，發 KK 音標 [ɛks] 的音，類似漢字「**誒可死**」的音，「**可死**」為無聲音，不振動聲帶。

小練習 請跟讀下列單詞：
KK 音標僅供參考

1 **X-ray** [ˋɛksˌre] *n.* X 光

b x 出現在單詞詞首，之後接母音字母 **e** 或作母音 [aɪ] 用的 **y** 時，x 發 KK 音標 [z] 的音，類似漢字「**死**」的尾音。

小練習 請跟讀下列單詞：
KK 音標僅供參考

1 **xenon** [ˋzinən] *n.*
氙（化學氣體）

2 **xylophone**
[ˋzaɪləˌfon] *n.* 木琴

第 **②** 篇

定律 **㉔** ～ **㉕**

c 單詞以母音字母 **a** 或 **o** 起首，之後加 **x** 時，x 發漢字「**可死**」的無聲音，不振動聲帶。

小練習 請跟讀下列單詞：
KK 音標僅供參考

1 **ax / axe** [æks] *n.*
斧頭

2 **ox** [ɑks] *n.*（經過閹割的）公牛（單數形）

3 **oxen** [ˋɑksən] *n.*（經過閹割的）公牛（複數形）

4 **oxygen** [ˋɑksɪdʒən]
n. 氧氣

d 單詞以 **bo**、**fo** 或 **po** 起首，之後加 **x** 時，**x** 發漢字「**可死**」的無聲音，不振動聲帶。

小練習 請跟讀下列單詞：

KK音標僅供參考

1 **box** [bɑks] *n.* 盒子；箱子

2 **letterbox** [ˋlɛtɚˌbɑks] *n.* 信箱

3 **fox** [fɑks] *n.* 狐狸

4 **smallpox** [ˋsmɔlˌpɑks] *n.* 天花
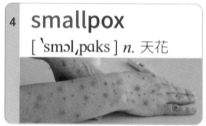

e 以 **ex** 起首的單詞，**ex** 為重音節或次重音節時，發 KK 音標 [ɛks] 的音，或類似漢字「**誒可死**」的音，「**可死**」為無聲音，不振動聲帶。

小練習 請跟讀下列單詞：

KK音標僅供參考

1 **excellent** [ˋɛksələnt] *a.* 極佳的，優異的

2 **exercise** [ˋɛksɚˌsaɪz] *n.* 練習；運動

3 expert [ˋɛkspɝt] *n.*
專家

4 exhibition
[͵ɛksɪˋbɪʃən] *n.* 展覽，展示

f 以 **ex** 起首的單詞，**ex** 為弱音節之後接母音字母（如 **a**、**e**、**i**）並形成重音節時，**ex** 發 KK 音標 [ɪgz] 的音，類似漢字「**以葛**」+「**死**」的尾音。

小練習
KK 音標僅供參考

請跟讀下列單詞：

1 exam [ɪgˋzæm] *n.*
考試

2 example [ɪgˋzæmp!̩]
n. 例子

3 exist [ɪgˋzɪst] *v.* 存在

4 exhausted
[ɪgˋzɔstɪd] *a.* 感到筋疲力盡的

注意

exhausted 的 **ex** 之後的 **h** 不發音，故本單詞視作 **ex** 之後接母音字母 **au**。

g 以 **ex** 起首的單詞，**ex** 為弱音節，之後有子音字母（如 **c**、**ch**、**p**、**pl**、**pr**、**t**、**tr** 等）加母音字母（如 **a**、**e**、**i**、**o** 等）並形成重音節時，**ex** 發 KK 音標 [ɪks] 的音，或類似漢字「**以可死**」的音，「**以**」唸成部隊行軍答數「**一**」的短音，「**可死**」發無聲音，不振動聲帶。

小練習
KK 音標僅供參考

請跟讀下列單詞：

1 exchange
[ɪksˋtʃendʒ] *v.* & *n.* 交換

2 excited [ɪkˋsaɪtɪd]
a. 感到興奮的，感到激動的

3 exciting [ɪkˋsaɪtɪŋ]
a. 令人興奮的，令人激動的

4 explain [ɪkˋsplen]
v. 解釋

5 explode [ɪkˋsplod]
v. 爆炸；炸裂

6 explore [ɪkˋsplor]
v. 探索

7 express [ɪkˋsprɛs]
v. 表達

8 extend [ɪkˋstɛnd] *v.*
延長；擴大

一定律一

26 y 的唸法

a 字母 y 出現在單詞詞首時，發 KK 音標 [j] 的音，類似注音符號「一ㄝˋ」或漢字「耶」的壓音。

小練習 請跟讀下列單詞：

KK 音標僅供參考

第 **2** 篇

定律 **25** ~ **26**

1 yard [jɑrd] *n.* 院子；碼（長度的單位）

2 yellow [ˋjɛlo] *a.* 黃色的 & *n.* 黃色

3 young [jʌŋ] *a.* 年輕的

4 yam [jæm] *n.* 山藥

5 yawn [jɔn] *v.* 打呵欠

6 yacht [jɑt] *n.* 遊艇

7 **yearn** [jɜn] *v.* 渴望

8 **yoga** [ˈjogə] *n.* 瑜珈

9 **yogurt** [ˈjogət] *n.* 優格，酸奶

10 **yarn** [jɑrn] *n.* 紗線

---

b 字母 **y** 出現在單詞詞尾，之前有子音字母（如 **b**、**c**、**d**、**f**、**g**......
z 等）時，**y** 發 KK 音標 [ɪ] 的音，實際唸時要將 [ɪ] 唸成稍短
一點的長母音 [i] 或類似漢字「**易**」的短促音。

小練習

KK 音標僅供參考 請跟讀下列單詞：

1 **baby** [ˈbebɪ] →
[ˈbebi] *n.* 小寶寶

2 **cherry** [ˈtʃɛrɪ] →
[ˈtʃɛri] *n.* 櫻桃

3 **dirty** [ˈdɝtɪ] →
[ˈdɝti] *a.* 骯髒的

4 **friendly** [ˈfrɛndlɪ]
→ [ˈfrɛndli] *a.* 友善的

5 **juicy** [ˈdʒusɪ] →
[ˈdʒusi] *a.* 多汁的

6 **sleepy** [ˈslipɪ] →
[ˈslipi] *a.* 睏的，想睡的

7 **snowy** [ˈsnoɪ] →
[ˈsnoi] *a.* 下雪的（天氣）

8 **spicy** [ˈspaɪsɪ] →
[ˈspaɪsi] *a.* 加有多種香料的；辛辣的

9 **tasty** [ˈtestɪ] →
[ˈtesti] *a.* 美味的，好吃的

10 **tidy** [ˈtaɪdɪ] →
[ˈtaɪdi] *a.* 整潔的

第 **2** 篇

定律 **26**

例外

1 rely [rɪˈlaɪ] *v.* 依賴（此處 y 發類似注音符號「ㄞˋ」或漢字「愛」的音）

c 單詞以 **ay** 結尾時，ay 發 KK 音標 [e] 的音，或 **A** 的字母音，也類似注音符號「ㄟ」的音。

小練習
KK 音標僅供參考

請跟讀下列單詞：

1 **play** [ple] v. 玩耍；吹奏 / 彈奏 / 打擊（樂器）

2 **gray** [gre] a. 灰色的 & n. 灰色

3 **delay** [dɪ'le] v. 延誤，延遲

4 **pray** [pre] v. 祈禱

5 **bay** [be] n. 海灣

6 **clay** [kle] n. 黏土

7 **hay** [he] n. 乾草；草飼料

8 **ray** [re] n. 光線；魟

9 tray [tre] *n.* 托盤

10 May [me] *n.* 五月

d 以 **oy** 起首或結尾的單詞中，**oy** 發 KK 音標 [ɔɪ] 的音，類似注音符號「ㄛ－ˇ」或漢字「哦以」的音。

小練習 請跟讀下列單詞：

KK 音標僅供參考

1 boy [bɔɪ] *n.* 男孩

2 toy [tɔɪ] *n.* 玩具

3 joy [dʒɔɪ] *n.* 高興；喜悅

4 enjoy [ɪnˋdʒɔɪ] *v.* 享受，享用

5 destroy [dɪˋstrɔɪ] *v.* 摧毀，消滅

6 oyster [ˋɔɪstɚ] *n.* 牡蠣，蠔

注意

buoy（浮標）與 boy（男孩）同音（亦可發類似注音符號「ㄅㄛㄧ」或漢字「撥以」的連讀音）。

....

e 兩音節的單詞若以 **ey** 結尾，**ey** 發 KK 音標短母音 [ɪ] 的音，實際要唸成長母音 [i] 的短促音。

小練習

KK 音標僅供參考

請跟讀下列單詞：

---

1 **honey** [ˈhʌnɪ] → [ˈhʌni] *n.* 蜂蜜

2 **monkey** [ˈmʌŋkɪ] → [ˈmʌŋki] *n.* 猴子

3 **valley** [ˈvælɪ] → [ˈvæli] *n.* 山谷

4 **alley** [ˈælɪ] → [ˈæli] *n.* 小巷，胡同

5 **kidney** [ˈkɪdnɪ] → [ˈkɪdni] *n.* 腎臟

6 **hockey** [ˈhɑkɪ] → [ˈhɑki] *n.* 曲棍球

注意

以下單詞中的 **ey** 發類似注音符號「ㄟˋ」的音。

1　they [ðe] *pron.* 他 / 她 / 牠 / 它們
2　grey [gre] *a.* 灰色的 & *n.* 灰色（= gray）

f　下列三個以 **ye** 結尾的常見單詞的母音均採 KK 音標 [aɪ] 或類似漢字「**愛**」的發音。

小練習　請跟讀下列單詞：
KK 音標僅供參考

1　**bye** [baɪ] *excl.* 再見

2　**dye** [daɪ] *v.* 染色 & *n.* 染料

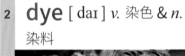

3　**eye** [aɪ] *n.* 眼睛

第 **2** 篇

定律 **26**

—定律—

27 z 的唸法

a 單詞以子音字母 **z** 起首時，**z** 發 KK 音標 [z] 的有聲子音，發此音時雙脣微張，舌頭頂在下排牙齒之後，振動聲帶，發出的音像是漢字「撕」的尾音。

小練習　請跟讀下列單詞：
KK 音標僅供參考

1 **zero** [ˈzɪro] *n.* 零

2 **zoo** [zu] *n.* 動物園

3 **zebra** [ˈzibrə] *n.*
斑馬

4 **zipper** [ˈzɪpɚ] *n.*
拉鍊

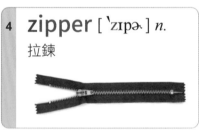

5 **zone** [zon] *n.* 地區，
地帶

b 單詞以子音字母 **z** 結尾時，**z** 仍發與本定律 **a** 項一樣的音，但微弱到聽不見。

小練習 請跟讀下列單詞：
KK 音標僅供參考

1 **buzz** [bʌz] *n.* 嗡嗡聲，蜂鳴聲

2 **jazz** [dʒæz] *n.* 爵士樂

第 **2** 篇

定律 **27**

c 子音字母 **z** 若在單詞詞中且之後有母音字母時，**z** 仍發與本定律 **a** 項一樣的音，與之後的母音字母產生連讀。

小練習 請跟讀下列單詞：
KK 音標僅供參考

1 **bizarre** [bɪˋzɑr / bəˋzɑr] *a.* 極其怪誕的

2 **bazaar** [bəˋzɑr] *n.* （中東國家）市集，市場

例外

1 pizza [ˋpitsə] *n.* 披薩（**z** 發類似漢字「**此**」的輕音）

207

國家圖書館出版品預行編目（CIP）資料

英語輕鬆學：學好自然拼讀就靠這本！／賴世雄作.
-- 初版. -- 臺北市：常春藤數位出版股份有限公司,
2024.03
面； 公分. --（常春藤英語輕鬆學系列；E69）
ISBN 978-626-7225-57-8（平裝）
1. CST：英語 2. CST：發音
805.141   113002959

填讀者問卷
送熊贈點

常春藤英語輕鬆學系列【E69】
英語輕鬆學：學好自然拼讀就靠這本！

編 著	賴世雄
編輯小組	許嘉華・區光銳
設計組長	王玥琦
封面設計	林桂旭・謝孟珊
排版設計	林桂旭・王穎緁
法律顧問	北辰著作權事務所蕭雄淋律師
出 版 者	常春藤數位出版股份有限公司
地 址	臺北市忠孝西路一段 33 號 5 樓
電 話	(02) 2331-7600
傳 真	(02) 2381-0918
網 址	www.ivy.com.tw
電子信箱	service@ivy.com.tw
郵政劃撥	50463568
戶 名	常春藤數位出版股份有限公司
定 價	399 元